D1135501

PANFLUIT MET GOUDEN NOTEN

Kramat BVBA
Hulshoutsesteenweg 24
2260 Westerlo Belgium
Tel./Fax: +32 (0) 16 68 05 87
www.kramat.be

ISBN: 9789079552993
Wettelijk Depot: D/2013/7085/10
Nur: 284 - 285
Copyright © Marina Defauw & Kramat bvba
Omslag: ARTrouvé
Vormgeving binnenwerk: Roelof Goudriaan
Drukwerk: MultiPrint LTD, Bulgaria

Marina Defauw

Panfluit met gouden noten

UITGEVERIJ
KRAMAT

Eén doel had hij… Mensen redden…

Niemand was ooit zo intelligent als dit wonderbaarlijke wezen.

Zijn voorbereidingen waren subliem. Hij maakte gebruik van magnetische velden, de lengte van zonnecyclussen, wervelstromen, de geboorte van Venus en… golvende muziek. Verder fungeerde hij als communicatiekanaal tussen levenden en doden.

Hij liet gecodeerde boodschappen achter, geheimzinnige inscripties. Wie ze zou opmerken, zelfs vele eeuwen later, zou zijn kennis kunnen gebruiken.

'Wat is er nou weer met je aan de hand, Timo?'

De directeur keek naar de veertienjarige jongen die tegen de glazen deur van zijn bureau aanleunde. De tiener droeg een zwarte trui met Diesel erop, een donkerblauwe jeans en sportschoenen. Timo Deridder, de vervelendste jongen van de school. Blijkbaar kon niemand echt vat op hem krijgen. Niemand wist wat er in hem omging. Hij was altijd bij conflicten en vechtpartijen betrokken. En nooit kwam hij er als verliezer uit. Hij scheen in alles goed te zijn.

'Ik weet niet wat je bedoelt.' Heel even keek hij de directeur aan. In zijn blauwe ogen verscheen een lichtje. Ietwat uitdagend. Een teken van verzet.

'Natuurlijk weet je het. Je weet heel goed waarom je met je boek gegooid hebt.'

Het bleef een poosje stil. Timo krabde even in zijn blonde krullen en trok toen zijn ogen wijder open.

'Hé? Wie is dat?' Nieuwsgierig wees Timo naar het raam dat op de straat uitgaf.

'Je luistert weer niet. Waarom heb je het gedaan?' De directeur probeerde zijn stem niet te verheffen. In ieder geval mocht hij niet boos worden, want dat zou Timo bijzonder leuk vinden. Dat wist hij nog van een vorige keer.

'Luister jij nou eens. Wie is die jongen die voor het raam stond? Ik heb hem nooit eerder gezien.'

'Timo, word niet onbeleefd en antwoord op mijn vraag. Je

moet niet door het raam kijken. Kijk naar mij. Waarom heb je met dat boek gegooid?'

'Dat zijn dingen die gebeuren.'

'Die gebeuren niet zomaar.'

De jongen grinnikte.

'Je hebt gelijk. Die gebeuren niet zomaar. Alleen als de les vreselijk saai is.'

De directeur haalde zijn vingers door zijn grijzende haar. Wat kon hij hierop zeggen? Best mogelijk dat de les voor Timo saai geweest was.

'Daarom hoefde je nog niet moeilijk te doen. Je moet respect hebben. Zelfs voor een leerboek. Besef je dat Lieze dat boek tegen haar hoofd had kunnen krijgen? Ze kon het nauwelijks ontwijken.'

Timo zuchtte. Daar had je het weer. Deed hij dan echt zo onuitstaanbaar? En de leraren dan? Dachten ze nu werkelijk dat zij nooit onhebbelijk waren? Waarom leerden ze hem nooit eens iets dat echt interessant was? Het was begonnen met die juf die zo dringend een konijn moest ontleden. Waarom liet ze dat beest niet lopen? Daarna kwam de leraar Engels vitten. Die vond dat er iets aan zijn uitspraak schortte. Zijn uitspraak! Terwijl hij zo keurig Engels praatte. O nee, het moest Brits Engels zijn. Brits! Wat was er fout aan Amerikaans Engels? Vervolgens was zijn klassenleraar met hem komen praten. En ook nog Devos die moeilijke leerlingen moest begeleiden. Blijkbaar was hij een moeilijke leerling, want hij werd bij de directeur geroepen. Het bureau van die man was ook al zo saai met doffe kleuren en een bokaal idiote goudvissen op een ouderwetse kast.

'Het was niet de bedoeling dat mijn boek iemand zou raken. Ik schrok gewoon van die panfluit die ik hoorde en de karrenvracht grote, witte pluimen die voorbij het raam dwarrelden. Toen ik vroeg waar die opeens vandaan kwamen, lachte Lander om mij. En toen schoot dat boek uit mijn handen. Het was per ongeluk.'

'Een panfluit en witte pluimen? Hoe bedenk je het?' Soms kreeg je de indruk dat die jongen ze niet allemaal op een rij had. Toch was hij een van de begaafdste leerlingen van zijn jaar. Helaas was hij nooit geïnteresseerd in de aangeboden leerstof. Elke les was hij onbeleefd en arrogant.

'Je moet geen verhaaltjes verzinnen,' ging de directeur verder.

'Ik verzin geen verhaaltjes. Het was echt zo,' zei hij verontwaardigd.

'Het boek heb je gegooid. Straks moet je je gaan verontschuldigen bij de heer Gems en bij je klasgenootje Lieze.'

Timo zuchtte opnieuw. De directeur dacht dat hij veld won. Met een soepele beweging haalde hij zijn vingertoppen door zijn korte haren en trok even aan zijn das.

'Kijk, meneer, daar heb ik vreselijk lak aan,' antwoordde Timo na een poosje. 'Iedereen vertelt me altijd maar weer wat ik moet doen. Ik word misselijk van al die praatjes. Laat me toch met rust.'

De directeur leunde achterover.

'Je bent een begaafde leerling, Timo. Zelfs jij moet inzien dat er omgangsregels zijn die je niet beheerst.'

'En waarom zou ik dat moeten? Die regels kunnen me gestolen worden. Ik ben ik en jij bent jij,' antwoordde hij terwijl hij zijn neusvleugels even bewoog.

'Deridder!' brulde de directeur.

Timo haalde zijn schouders op.

'Sorry. Kan ik nu gaan, meneer?'

'Nee, dat mag je niet. Volgende woensdagmiddag meld je je

bij de schoonmaakploeg. Als sanctie zul je de hele middag helpen met schoonmaken.'

Timo knikte.

'En kijk uit, je zult je mobiel nog verliezen.'

Timo knikte nog een keer terwijl hij met zijn duim zijn mobiel wat dieper in zijn broekzak duwde.

N a het belsignaal kwetterden de leerlingen van de tweede klas naar buiten.

'Hé, Timo, wat heeft de baas gezegd?' vroeg Lander.

'Je moet helpen met de schoonmaakploeg,' bromde Timo de directeur na.

Zijn klasgenoten lachten. Anne-Sophie haalde even haar schouders op en Lieze liep aan de rand van de vrolijkheid mee. Timo wist dat Lieze het niet zo leuk vond dat hij alweer straf kreeg. Vorig schooljaar had hij bijna elke week straf gekregen en Lieze had toen dikwijls gepraat met de leraren in de hoop dat ze de straf zouden kwijtschelden. Cool was dat.

'Ik moet ervandoor,' zei Timo toen hij Amelia bij haar fiets zag staan. Amelia was Italiaans, ongelooflijk knap en ze zat twee klassen hoger. Ze liep nog maar zes maanden school bij hen. Vorig jaar waren haar ouders naar België verhuisd.

Amelia fietste weg. Bij de hoek van de Sparrenlaan haalde hij haar in.

'Amelia, wacht,' riep hij.

Ze stopte en draaide zich naar hem om.

'Ja?'

'Ga je mee ergens iets drinken?'

'Ik denk er niet aan. Jij bent veel te jong. Wat moet ik nou met een jochie?'

Timo haalde diep adem. Dat was een belediging en haar woorden deden hem pijn.

'En dan? Ik kan je verzekeren dat ik ooit in jouw klas zal zitten.'

Hij voelde dat hij niet tegen haar op kon. En dat wist ze. Hij merkte het aan de manier waarop ze stralend haar witte tanden bloot lachte.

'Laat me met rust, Timo. Ik moet naar huis.'

Ze sprong op haar fiets. Hij dacht dat ze nog een of andere flauwe grap zou vertellen, maar dat deed ze niet. Gehaast duwde ze op haar trappers en verdween.

Hij zou er iets op moeten vinden. Hoe zou hij haar aandacht kunnen trekken?

Gelaten fietste hij ook weg, de andere richting uit. Het was rustig op de weg. Ergens in de verte klonk een fluit. Was dat ook een panfluit? Dan was het al de tweede keer dat hij onverwachts een panfluit hoorde. Vreemd hoe dat kon. Die muziek overstemde het gezoef van een voorbijrijdende auto.

'Timo?' riep een meisjesstem.

Hij remde, zette zijn voeten op de grond en keek om.

Het was Lieze maar.

'Wat wil je van me?' Het klonk harder dan hij bedoelde.

Het meisje slikte haar verwarring in.

'Ik dacht dat we nog even konden praten.'

'Waarover?' Hij zag hoe de wind met haar lange bruine haren speelde.

'Misschien over wat er op school gebeurd is?'

Zenuwachtig wurmde hij zijn handen in de zakken van zijn nieuwe jeans.

'Het was echt niet de bedoeling dat jij het boek tegen je aan zou krijgen.'

'Oké. Ik geloof je. Iets anders nu. Kun je me binnenkort nog eens helpen met wiskunde?'

'Doe ik. Morgen spreken we af.'

Hij knipoogde en tuitte zijn lippen alsof hij haar een zoen wilde geven. Lieze giechelde.

'Nou moet ik echt weg. Tot morgen?' riep hij terwijl hij zijn linkervoet op de trapper zette. Boven hun hoofden cirkelde een witte duif. Een paar tellen lang schrokken ze er allebei van. Daarna glimlachte het meisje en knikte ze naar Timo.

'Ja, ciao,' zwaaide ze dan.

Dat Italiaanse woord deed hem weer aan Amelia denken.

Timo fietste naar huis en gooide zijn schooltas op een stapel kleren in de hoek van zijn kamer. Zijn ouders waren er nog niet. En dat kwam hem heel goed uit. Zijn moeder wilde altijd dat hij de rommel in zijn kamer zou opruimen en daar had hij helemaal geen zin in. Als de bliksem ging Timo er weer vandoor.

Nauwelijks twee kilometer verder waren twee archeologen met opgravingen bezig.

Timo gooide zijn fiets in de berm en liep voorzichtig naar een van hen, Alex.

Enkele weken geleden had Timo van deze vriendelijke archeoloog een kleine rondleiding op het domein gekregen. Hij had het allemaal ontzettend boeiend gevonden.

Het hele domein was in de dertiende eeuw een abdij geweest. Rechts bevonden zich de restanten van een driebeukige gotische kerk. Veel mysterieuzer waren de opgravingen van wat vroeger het woongedeelte van de paters was geweest. Er waren duidelijke overblijfselen van een eetzaal, een keuken met een stookplaats, een ruimte voor de opslag van voedsel en een ruim gastenverblijf. Nog meer intrigerend was de plek die de archeologen de kleine ondergrondse gevangenis noemden.

'Hoi, Alex,' riep Timo. 'Hoe gaat het hier? Al nieuwe dingen ontdekt?'

Alex, die gehurkt zat, veerde op.

'Hè, kijk uit, daar hebben we nog een spoor van een trap gevonden. Daar waar die plank ligt. Er is ook een deurtje.'

'Nog een trap? Jakkes, waar zou die heen lopen?' Hij kon de aarde ruiken en vond het cool dat er zoveel verborgen geheimen te ontdekken waren.

'Weten we nog niet. Hier hebben ook geuzen geleefd. Waarschijnlijk hebben zij de abdij veroverd. Die trap zal wel een overblijfsel van een van hun woningen geweest zijn.'

'Wie waren de geuzen?' vroeg Timo.

'Waarschijnlijk Nederlandse edelen, tegenstanders van de Spaanse koning Filips II. De geuzen zijn ook de eerste mensen die de heel bekende kreet 'In naam van Oranje, doe open die poort' geroepen hebben.'

'Jakkes. En dat zo dicht bij mijn huis. Hoe weten jullie dat allemaal?'

'Jarenlange studie, jongen. Ik heb het je al eens uitgelegd. Vele mensen zien wel dingen, maar wij kijken er ook echt naar. Elke potscherf is belangrijk. Zoals deze hier.' Alex liet een vuile scherf zien. 'Hieruit kunnen we ontzettend veel leren. Zeg, moet jij geen huiswerk maken?'

'Nee, ik ben al klaar.'

'Tja, voor vandaag ben ik hier ook klaar,' besloot Alex die de scherf en zijn handen aan een vod afveegde.

'Wanneer kom je terug?'

'Weet ik nog niet. Binnen twee weken of zo. Ik zie je nog wel.'

'Zeker weten.'

'Hey, Timo,' riep Alex terwijl hij in zijn auto stapte. 'Je weet dat je hier niet mag komen als ik hier niet ben, oké?'

'Dat weet ik.'

'Mooi. Je bent geen archeoloog en je zou dingen kunnen beschadigen.'

Alex sloeg het portier dicht en Timo pakte zijn fiets.

'Timo, waar kom jij vandaan? En waarom ben je zo laat?' informeerde mama toen hij binnenkwam. Ze was aan het strijken. Het zweet parelde op haar hoge voorhoofd. In haar oren droeg ze witte pareltjes.

'Hoi, mam. Ik ben naar die opgravingen gaan kijken,' antwoordde hij terwijl hij een frisse cola uit de koelkast haalde. Hij trok het blikje open en dronk ervan.

Mama zuchtte terwijl ze haar mouwen iets hoger oprolde. De sproeten op haar armen werden zichtbaar.

'Alweer?'

'Ja. Waarom niet?' Met de rug van zijn hand veegde hij zijn lippen schoon en dronk opnieuw.

'Hoe ging het op school?' antwoordde mama die de vraag van Timo negeerde.

'Saai. Zoals altijd. Weet je wat ik gedaan heb? Iets wat je heel tof zult vinden. Ik heb me gemeld om woensdagmiddag te helpen met de inrichting van een nieuw lokaal. Tafels verplaatsen en zo. Vrijwillig.'

Mama kneep met haar ogen terwijl ze het strijkijzer neerzette.

'Daar geloof ik niets van. Heb je straf gekregen, Timo?'

'Ik? Hoe kom je erbij? Helemaal niet.' Een leugentje om bestwil moest kunnen. Het was belangrijk om ook thuis hopen ellende te vermijden.

Hij zette het blikje op het aanrecht. 'En nu ga ik naar mijn kamer. Ik heb nog een pak werk.'

'Mooi. Straks praten we verder. Hé? Zorg dat je mobiel niet uit je broekzak valt.'

Timo hoorde het niet meer.

In zijn kamer startte Timo de computer op. Hij klikte een zoekmachine aan en schrok hevig. Hij gaf zijn bureaustoel een duw en zette enkele stappen achteruit. Wat stelde dit voor? Was dit spam? Op het scherm verschenen wazig de contouren van een gezicht. Het beeld werd steeds scherper. Na enkele tellen herkende Timo het gezicht van de jongen die voor het raam van de directeur gestaan had. Het gezicht was van het zuiderse type, zijn gitzwarte haren waren achterover gekamd. De jongen had hoge jukbeenderen en zwarte ogen. Hij glimlachte en maakte een bijzonder mysterieuze indruk. Dan schudde hij nee. Alsof hij iets probeerde te vertellen.

Opeens was het gezicht verdwenen. Timo drukte op de stekker van de elektriciteitsaansluiting van zijn computer. Had hij misschien een slechte verbinding? Wie was die jongen? Waarom verscheen zijn gezicht op het scherm? Of had Timo het gewoon gedroomd? Kreeg hij waanvoorstellingen? Nog altijd geschrokken ging Timo weer zitten. Hij wachtte een poosje en tikte toen 'verschijningen' in. Nee, daar schoot hij niets mee op. Daarna tikte hij 'geuzen' in. Na nog enkele muisklikken vond hij de volgende tekst.

De meeste geuzen waren rauwe kerels, vrijbuiters, ontembare zeeschuimers, een woest volk van een paar duizend man. Sommigen hadden maar 1 arm of 1 been. Van 1568 tot 1572 streden ze tegen de Spanjaarden. Dat was bij het begin van de Tachtigjarige Oorlog.

Ongeduldig klikte Timo de tekst weg. Hij surfte naar google en tikte 'Italiaans leren' in. Af en toe schudde hij met zijn hoofd en tokkelde dan verder op het toetsenbord.

Hij zou een goed boek moeten hebben. Een taalcursus. Met zijn vingers trommelde hij op de tafel. Hij zou Amelia imponeren. Waarschijnlijk was ze het mooiste meisje dat hij ooit gezien had. Haar gezicht was perfect. Haar ogen waren zwart en haar golvende haren ook. Ze had een voorliefde voor zwartleren lange broeken.

De jongen op het scherm was ook perfect geweest. Het was erg jammer dat hij niet zou kunnen praten over wie hij op zijn scherm gezien had. Mocht hij vertellen dat de jongen die voor het raam van de directeur stond, opeens op zijn computer verscheen, zou niemand hem geloven.

Timo zuchtte en pakte zijn mobiel. Rusteloos vormde hij met zijn duim een nummer.

'Hoi, Lander, heb je zin om te tennissen?' vroeg hij even later. 'Nee? Hoezo geen tijd? Het schooljaar is nog maar net begonnen. Ja, goed dan. Ik verzin wel wat. Ja, ik verveel me te pletter. Jammer. Tot morgen.'

Lander wilde Latijn studeren. Stel je voor. Studeren. Hoe kwam hij erbij? Wie studeerde nou?

Geërgerd trok Timo zijn schoenen aan. Hij griste zijn jas van de kapstok.

'Mam, ik moet nog even naar Lander. Ik ben een boek vergeten.'

Hij hoorde niet meer wat zijn moeder antwoordde. De buitendeur viel achter hem dicht. Uit het tuinhuisje nam hij een zaklamp mee.

Timo betrad het domein. Hij wist dat het niet mocht, maar het lag er verlaten bij en hij zou niets doen dat fout was. Misschien kon hij uitzoeken waar die trap naartoe leidde die achter het deurtje verborgen zat.

Hij wrikte de deur open en keek naar beneden. De trapstenen zagen er ontzettend glibberig uit. Dat waren ze ook. Af en toe gleed Timo een eind weg.

De aarde was vochtig. Alleen in de verte zag hij het daglicht. Timo huiverde toen hij steun zocht bij enkele grove stenen. Hij was blij dat de archeologen de weg tot hier vrij hadden gemaakt.

Opeens kwam hij in een hol terecht. Aarzelend richtte hij zijn zaklamp voor zich uit. Zou hij nog verdergaan? Dan zou hij op handen en voeten naar beneden moeten kruipen. In ieder geval wilde hij weten wat zich daar bevond. Heel voorzichtig schoof hij naar voor. Dat viel niet mee, want het was er erg smal, koud en pikdonker. En het rook heel erg muf. Was het misschien een dierenhol? Waarom hadden de archeologen hier niet verder gezocht? De gang moest toch ergens naartoe leiden. Opeens stootte Timo zijn hoofd tegen het plafond. Hij richtte de zaklamp naar omhoog. Met zijn vingertoppen tastte hij voorzichtig in het rond. Naar omstandigheden voelde het allemaal behoorlijk stevig aan. Hé? Timo dacht dat hij iets hoorde vallen onder zijn voeten. Daarna voelde hij een ijzeren stang. Was die er ook al daarnet? Ja, dat moest wel.

Toen werd hij ontzettend bang. Hij kon zich nauwelijks nog bewegen. En zijn ademhaling ging opeens moeilijker.

Hij probeerde achteruit te schuiven. Bijna op hetzelfde ogenblik leek een deel van de gang onder zijn lichaam te splijten. Samen met een wirwar van aarde en stenen duikelde hij gillend naar beneden.

Toen was het voorbij. Roerloos bleef hij nog even liggen. Het was heel donker. De zaklamp had hij niet meer. Zijn hoofd bonkte en hij had overal pijn. Voorzichtig probeerde hij zich te bewegen. Dat lukte. Blijkbaar had hij niets gebroken. Geschrokken realiseerde hij zich dat zijn sportschoen niet meer aan zijn linkervoet zat. Hoe ook, hij moest iemand bellen. Timo schoof zijn rechterarm tegen zijn lichaam om zijn mobiel te pakken te krijgen. O nee! Die zat niet meer in zijn zak. Met zijn vingertoppen tastte hij voor zich uit. Vreselijk. Hij kon zijn mobiel niet vinden.

N a een poosje raakte Timo gewend aan de duisternis. Hoog boven hem was er een spleet waar daglicht doorheen kwam. Wellicht zou het nog een tijdje duren voordat het helemaal donker zou zijn.

Voorzichtig ging Timo overeind zitten. Er klonk gefladder rond zijn hoofd. Wild maakte hij een gebaar met zijn arm. Was dat een vleermuis? Wat haatte hij die beesten. Hij wilde hier weg. 'Help!' schreeuwde hij. 'Kan iemand me horen? Haal me hieruit.' Niemand antwoordde. Of toch. In de verte hoorde hij alweer een fluit.

'Is daar iemand?' riep Timo. 'Help! Ik ben gevallen.' Weer was er niemand die antwoordde. Alleen hoorde hij de muziek opeens veel beter. De fluit deed Timo denken aan de muziek die hij vandaag op straat gehoord had. Vandaag? Het leek eeuwen geleden. Er rolde een traan over zijn wang. De muziek ontroerde hem. Misschien kwam het doordat hij hier in dat donkere hol zat, want tranen waren niet aan hem besteed. De cadans van de muziek veranderde. Het tempo ging steeds sneller, eisender, alsof de muziek hem riep. Timo kwam helemaal overeind. Hij was duizelig en zijn benen trilden. Wat een geluk dat hij nog op zijn benen kon staan en dat het plafond hiervoor hoog genoeg was. Hij stapte in de richting van de muziek.

De melodie verzwakte en hij hoorde geritsel. Muizen? Ratten? De jongen stapte achteruit.

Daarna zag hij twee groene ogen en hoorde hij geblaas. Een

kat. Hoe geraakte dat beest hier? Toch was hij opgelucht. Langs de weg die de kat genomen had, zou hij misschien naar buiten kunnen.

Toen schrok Timo weer en gilde hij het uit. Opeens was het hol enkele tellen lang helemaal verlicht. In een flits zag hij de sculptuur van een vrouw met een masker. En achter haar stond een ladder tegen de muur.

'Wie is daar?' schreeuwde hij toen hij in paniek naar de muur liep. Het was opnieuw pikdonker. Waar bleven het licht en de muziek? En waar was de kat? Waarom kon hij die ladder niet vinden? Timo begon met zijn vuisten op de muur te timmeren. Dan was er een immens gekraak en vielen er brokstukken op zijn hoofd. Timo ging van zijn stokje.

Toen Timo bijkwam, lag hij op zijn zij in het gras te hoesten. Even knipperde hij met zijn ogen. Daarna sloot hij ze opnieuw. O nee, dat was niet mogelijk! Voor hem zat de knappe jongen die hij op zijn computerscherm gezien had. Hij droeg zijn lange gitzwarte haren in een staart.

'Hoi,' zei de vreemdeling met een warme, lage stem. 'Hoe voel je je?'

'Gaat wel,' antwoordde Timo, die eindelijk weer durfde te kijken. Hij kuchte. 'Ik heb hoofdpijn. En er kriebelt iets in mijn keel. Mijn vader is huisarts. Hij zal me straks wel onderzoeken. Wie ben jij?'

De jongen plukte een grassprietje en begon erop te kauwen.

'Andolome,' zei hij na enkele tellen. 'Kom, ga eens overeind zitten.'

'Vreemde naam,' vond Timo die deed wat hem gezegd werd. 'Heb jij me uit dat hol gehaald?'

'Ja. Wat ben je ongeduldig! Ik had nauwelijks tijd om je eruit te halen. Je zou nu niet zoveel hoofdpijn hebben mocht je niet pal onder dat valluik gestaan hebben. Dat ding is niet open geweest sinds de Tweede Wereldoorlog.' Hij glimlachte.

'Je lijkt de boel hier goed te kennen. Ben je ook een archeoloog?'

'Nee.' Hij liep ook niet gekleed als een archeoloog. Zijn lichtgrijze broek had franjes aan de zijkanten. Daarbij droeg hij een wit

hemd met een rij zilverkleurige knopen vooraan en een platte op-
staande boord aan de hals. Je kon hem niet echt modieus noe-
men, zelfs niet eens eigentijds.

'Hoe heb je me gevonden?'

De vreemdeling glimlachte breed. Er twinkelde iets in zijn
gitzwarte ogen. Dan was hij weg.

'Andolome?' riep Timo die als bezeten om zich heen keek.
Waar was die opeens? Hoe kon hij letterlijk van de aardbodem
verdwenen zijn?

'Hey? Wat doe je in mijn wei?' vroeg een man met een hoog-blauwe overall.

Timo haastte zich overeind. Nu pas merkte hij dat hij in de buurt van enkele koeien stond. Waarschijnlijk was die man een boer.

'Sorry, het was niet mijn bedoeling om in je wei te lopen.'

De boer fronste zijn voorhoofd.

'Je bent toch niets van plan met mijn koeien?'

'Helemaal niet. Echt, duizendmaal excuses.' Timo maakte een beweging met zijn hand.

'Hoe komt het dat jij onder het stof zit? Er zitten zelfs vuile vlekken in je gezicht. Wat heb je uitgevoerd?'

'Niets. Ik was bij die opgravingen. Daar ben ik in een put ge-vallen. Andolome heeft me eruit gehaald.'

'Die opgravingen zijn gevaarlijk. Is je vriend hulp gaan halen? Misschien je ouders?'

'Ik weet het niet. Daarnet zat hij hier nog, maar plots was hij weg. En ik heb mijn mobiel niet meer.'

'Hier. Pak de mijne. Bel je ouders en vertel ze dat ik je naar mijn boerderij breng. Je kunt daar wachten.'

Een uur later zaten Timo en zijn ouders nog steeds met de landbouwer te praten.

'Ik woon hier nog niet zo lang, maar ik heb mijn vader ooit horen vertellen dat er hier ergens een schuilkelder moet zijn. Dat wist hij nog van zijn grootvader. De schuilkelder werd gebruikt in de Eerste Wereldoorlog. Ze brachten er gewonde soldaten naartoe voor verzorging. Daarover bestaat er ook een legende, vertelde de notaris. Tijdens de oorlog was er een indiaanse jongen die zomaar aan de frontlijn liep en gewonde soldaten naar de schuilkelder bracht. De kogels deden hem niets. Voor iemand hem kon vragen wie hij was, was hij al verdwenen.'

'Vertelt de legende ook iets over de sculptuur en dat licht dat er opeens was?' vroeg Timo.

'Jongen, ik denk dat je een hersenschudding hebt. Je praat warrig,' vond papa. 'In zo'n donker hol is er geen licht.'

'Niet waar. Waarom geloven jullie me niet? Er was een licht, een sculptuur en een houten ladder.'

'Laten we naar huis gaan,' stelde mama voor en ze stond al op. Haar zwarte leren handtas drukte ze tegen haar buik.

Papa knikte. 'We moeten nog die archeoloog bellen,' zei hij.

'Wees voorzichtig, Timo,' maande Alex de volgende dag de jongen aan toen ze samen afdaalden in de schuilkelder. De archeologen hadden de kelder verlicht met grote lampen. De elektriciteit daarvoor kregen ze van de boerderij. 'Wat een ontdekking,' ging Alex verder. 'Je had gelijk. Er is een ladder en een sculptuur.'

Timo bleef verbaasd voor de sculptuur staan. Hij had het goed gezien. Het was inderdaad het beeld van een vrouw met een masker. Op haar hoofd droeg ze een kroontje met een tekening vooraan. De vrouw stond in een grote schelp vol dansende vlammen. Met haar ene hand wees ze naar haar afgesneden oor dat naast haar voet in de vlammen lag. In haar andere hand had ze een fluit. Het was toch wel opvallend dat er weer een fluit in zijn leven opdook.

'Kijk hier, Timo,' wees Alex naar de vleermuis die met uitgestoken tong op het masker stond afgebeeld. 'In de Mayacultuur is een vleermuis die haar tong uitsteekt het symbool van de dood. En dit vind ik fantastisch. Op de kroon van de vrouw staat de zonnegod Tonatiuh afgebeeld. Hij steekt ook zijn tong uit. Dat betekent dat hij leven brengt. De sculptuur is dus een beeld van iemand die leven gegeven heeft, maar ook mensen gedood heeft. Ik vraag me wel af hoe het komt dat een sculptuur met zoveel verwijzingen naar de Mayacultuur hier te vinden is.'

'Waarom heeft ze een fluit?' vroeg Timo die gebiologeerd naar het beeld bleef staren.

'Dat kan ik echt niet verklaren. In de middeleeuwen werd de houten fluit gebruikt als militair instrument. De geuzen hebben gevochten in een oorlog. Misschien heeft het ene met het andere te maken. Bijna zeker dat iemand een oor van die dame afgesneden heeft. Anders zou het beeld niet op die manier gecreëerd zijn.'

'En die legende dan? Ze gaat ook over een oorlog.'

Alex knikte.

'Misschien is het beeld tijdens de oorlog gemaakt.'

'Het is zo'n opvallende combinatie,' vond Timo die plots ook heel enthousiast werd. 'De vrouw hier staat dan ook nog in een schelp.'

'Die schelp vind je op vele schilderijen. Daarover bestaat er een mythe, een verhaal. Het gaat over Venus, de godin van de liefde. Venus is uit zeeschuim geboren en komt uit de golven tevoorschijn op zo'n schelp. Ze wordt door de windgoden Zephyros en Aura aan land geblazen. Alleen blijft het een raadsel waarom ze hier staat.' Alex haalde even zijn schouders op.

'En de vlammen?' wilde Timo ook nog weten.

'Die verwijzen ongetwijfeld naar een brandstapel. Waarschijnlijk is deze vrouw op een brandstapel gestorven. Wellicht waren het soldaten die haar daarop gegooid hebben. Dat zou de fluit kunnen verklaren.'

'Cool hoe jij het verband kunt leggen tussen die verschillende dingen. Dat zou ik ook willen kunnen. Heb je al gezien wat er naast de ladder staat?' vroeg Timo die naar een soort djembe wees. De djembe was van steen en versierd met kleine belletjes.

'Dat is een dodentrom. Het lijkt hier wel een grafkamer. Toch zei die boer dat ze hier gewonde soldaten verpleegd hebben. Het is erg mysterieus allemaal. In ieder geval zullen we voorlopig niet veel ruchtbaarheid aan deze vondst geven. We proberen de zaak voorlopig geheim te houden. Anders zal het hier wemelen van perslui en andere ongewenste bezoekers. Dus voorlopig vertel je niets hierover verder, oké? Dan hebben wij tenminste de kans om alles in absolute rust te onderzoeken.'

'Dat is goed. Geen probleem.'

Even hapte Timo naar adem. 'Hey, hoor je ook die panfluit?'

'Een panfluit? Nee.' Enkele tellen bleven ze allebei roerloos luisteren. 'Nee, ik hoor niets. Waarschijnlijk slaat je verbeelding op hol door mijn verhalen.'

'Natuurlijk niet. De fluit moet je ook horen als je goed luistert. De muziek komt in golven, eerst hard en dan zachter, daarna weer harder. Waarschijnlijk is het buiten. Gaan we kijken?'

Ze zagen niemand.

'Moet je hiernaar luisteren,' zei papa de volgende morgen aan de ontbijttafel. Hij zette zijn kopje op tafel en pakte zijn krant met beide handen vast.

'Een onbekende jongeman is er gisteren in geslaagd een gigantisch busongeval te verhinderen,' las hij hardop. 'Toen de buschauffeur een hartaanval kreeg, manoeuvreerde de jongeman de bus naar de kant van de rijweg. Niemand van de inzittenden had de jongeman eerder op de bus opgemerkt. Achteraf bleek hij ook plots verdwenen. De jongeman had lange zwarte haren en droeg een wit hemd bij een grijze broek.

Wie inlichtingen heeft over de identiteit van deze persoon wordt vriendelijk verzocht contact op te nemen met de dichtstbijzijnde politie.'

Timo hield op met kauwen en zat even als een standbeeld op zijn stoel.

'Papa, dat is die jongen die mij gered heeft bij de opgravingen.'

'Hoe kun jij dat nou weten?'

'Ik herken hem in de beschrijving.'

'Timo, er zijn nog heel wat jongemannen met lange zwarte haren, een wit hemd en een grijze broek. Die beschrijving is heel vaag.'

'Toch denk ik dat hij het is. Zullen we de politie bellen?'

'Ik wil wel bellen, maar wat moet ik vertellen? Weet jij waar die jongeman woont?'

Timo schudde nee. Hij wist dat papa alles wat Timo over An-dolome verteld had, heel vreemd vond. Zelfs Timo moest toe-geven dat het allemaal erg onrealistisch klonk.

'Kun je die jongen bereiken?' vroeg mama die aan een pluisje op haar rode trui pulkte. Verder zag ze eruit als om door een ringetje te halen.

'Nee.'

'We hebben niet echt een bruikbare tip, Timo,' zuchtte papa.

'En zo krijgen ze veel van die tips binnen,' vond mama. 'Hé zeg, moet jij niet vertrekken, Timo?' Met een zucht keek hij op zijn horloge.

'Ik heb nog één minuut.' Hij dronk zijn melk en verslikte zich. Alweer hoorde hij die panfluit.

'Echt cool was het,' vertelde Timo een kwartier later aan Lander terwijl hij zijn fiets in het fietsenrek van de school gooide. De wind speelde met zijn blonde krullen. 'Ik was in een schuilkelder terechtgekomen en Andolome, dat is die jongen over wie ik je vertelde, heeft me eruit gehaald.'

' Ik zou toch liever niet in mijn eentje in een schuilkelder zitten. Wat griezelig. Ik had me al afgevraagd waarom je niet antwoordde toen ik je belde,' antwoordde Lander die even op zijn mobiel keek.

'Voorlopig kan ik niet meer bellen.' Hij hees zijn rugzak op zijn rug. 'Mijn mobieltje ligt ergens in die schuilkelder. We hebben het nog niet teruggevonden. Ik denk dat ik een nieuwe simkaart koop. Dan kan ik weer mijn oude mobiel gebruiken.'

'Dat is een goed idee.'

'Zeg, weet jij misschien wat ik moet doen om vanmiddag niet te moeten helpen met die schoonmaakploeg? Iedereen heeft vrij. Ik ben de enige die moet nablijven. Leuk is anders.'

Pratend gingen ze naar de klas.

'Probeer vanmorgen heel braaf te zijn. Misschien bedenkt de directeur zich wel.'

De directeur dacht daar zelfs niet aan. Dat bleek die middag toen Timo samen met Devos moedeloos bij tientallen tafels in de studiezaal stond te kijken.

'Je moet ze allemaal schoonmaken,' wees Devos. 'Dat zijn de

31

instructies van de directeur.' Zaten er echt pretlichtjes in haar ogen? Dat was gemeen van haar.

'Hier heb je een spons. Daar staat een emmer water en een schoonmaakmiddel. Begin maar. Ik kom straks kijken.'

Timo knikte en begon de tafels te soppen. Na een poosje was hij het meer dan beu. Hij zou wel idioot zijn om hier nog langer te blijven. Met een woest gebaar goot hij de emmer leeg in een lavabo en zette het schoonmaakmateriaal in het dichtstbijzijnde berghok. Hij hoopte dat Devos zou denken dat hij al klaar was. Helaas kon hij nog niet naar huis. Hij moest iedereen laten denken dat hij een hele tijd bezig geweest was met schoonmaken.

Timo glipte weg en liep de trap op naar de oude schoolbibliotheek. Bijna geruisloos sloop hij naar binnen. Het rook er heerlijk naar oude boeken. Zou hij een boek met streeklegendes kunnen opvissen?

'Hoi, Timo,' hoorde hij achter zich. 'Dat boek daar is het boek dat je zoekt. Daar, tweede van links.'

Timo kon nog net een kreet onderdrukken. 'Jakkes, Andolome. Wat doe jij hier?'

'Sorry. Het is niet mijn bedoeling om je te laten schrikken. Ik kom gewoon even kijken hoe je het stelt.'

'Goed. Alleen nog een klein beetje hoofdpijn. Hoe wist je dat ik hier zou zijn?'

Andolome glimlachte, maar antwoordde niet.

'Hoe wist je trouwens welk boek ik zocht?'

Weer geen antwoord. En de glimlach werd nog breder.

'Ben je helderziende of zo?'

'Zoiets kun je wel zeggen.'

Timo maakte een beweging met zijn hoofd.

'Dat snap ik niet. Je bent geen leerling van deze school?'

'Nee.'

'Waar woon je?' Timo kon niet ophouden met naar Andolome te kijken. Wat was hij knap. Hij was lang, slank en had een prachtige huid. Wat zou hij die huid graag eens aanraken.

'Ik woon niet,' antwoordde Andolome met zijn lage stem.

'Je bedoelt dat je nergens woont. Ben je dakloos?'

'In zekere zin. Ik heb geen woning nodig.'

'Hoe kan dat nou?' vroeg Timo nieuwsgierig. Andolome zag er nochtans heel verzorgd uit. Alleen viel het op dat hij dezelfde kleren droeg als vorige keer. Die kleren zaten hem wel heel goed.

'Waar zijn je ouders?'

'Die zijn al heel lang dood. Sorry, maar ik moet nu weg.' Verbaasd stelde Timo vast dat Andolome dat heel letterlijk bedoelde. Andolome was ook weg.

'Hey, Andolome. Waar ben je? Kan ik je bellen?' Hoe kon dat nou? In een flits was hij verdwenen. Ontdaan keek Timo naar de vloer. Daar lagen enkele lange witte pluimen.

'Hey, waarom ben jij zo aan het roepen?' vroeg Devos, die even later de bibliotheek binnenkwam.

'Sorry, mevrouw, ik dacht dat er hier nog iemand was. Ik voel me niet lekker. Mag ik naar huis, alsjeblieft?'

Mevrouw Devos keek op haar horloge.

'Als je je echt niet lekker voelt, kun je gaan. Zorg er alleen voor dat je geen nieuwe streken uithaalt.'

'Dank u wel, mevrouw.'

'Zal ik je ouders bellen?'

'Nee, het lukt wel. Nog een keer bedankt, mevrouw.'

Een poosje later fietste Timo naar de site van de opgravingen. Die was afgebakend met een rood-wit breed lint. Op een bordje stond 'geen toegang'. Timo gooide zijn fiets in de berm en ging in het gras zitten met zijn hoofd tussen zijn handen.

'Hey, Timo, wat doe je hier?' vroeg ineens een meisjesstem. Het was Lieze. 'Heb je even tijd? Kun je me helpen met wiskunde?'

Timo keek op. Wat een vragenstorm. En in wiskunde had hij echt geen zin.

'Ik snap het wel als het niet kan. Wat scheelt er? Je kijkt zo triest,' vond Lieze, die naast hem ging zitten. Ze trok een veter van haar sportschoen los en knoopte die opnieuw.

'Niets. Hoe heb je me gevonden?' Hij keek naar een mier die langs een grassprietje naar omhoog klom.

'Toevallig. Ik stond in de slagerij en zag je voorbij fietsen. Wat is er aan de hand? Heb je herrie met Devos?'

'Helemaal niet. Ik mocht weg omdat ik me niet lekker voel.' Dat was nog een leugentje om bestwil. Hij wilde niet het risico lopen dat Devos de echte reden hoorde waarom hij vertrokken was.

'Wat is het probleem? Of praat je er liever niet over?' Met haar rechterhand duwde ze haar lange bruine haren achter haar oren.

'Nee.'

'Ik kan goed luisteren.'

'Dat zal wel,' klonk Timo opeens opstandig. 'Je zult me ook niet kunnen helpen. Niemand kan dat.'

'Ook je vader niet?'

Timo haalde diep adem en balde zijn vuisten.

'Nee, zelfs mijn vader zal het niet kunnen. Niemand kan het. Ik denk dat ik gek word, Lieze.'

Ze trok grote ogen.

'Hoor je muziek, Lieze? Een panfluit?'

'Nu? Nee. Ik hoor niets.'

'Zie je wel dat ik gek word? Ik hoor duidelijk iemand spelen op een panfluit. De muziek is prachtig. Zelden heb ik zoiets moois gehoord.'

Lieze keek ongelovig, net zoals hij gevreesd had. Was er dan werkelijk niemand die hem geloofde?

'Praat eens met je vader, Timo. Misschien heb je een hersen-schudding,' reageerde het meisje terwijl ze opstond. Ze pakte haar fiets die ze tegen een boom gezet had. 'Tot morgen?' vroeg ze terwijl ze haar rechtervoet op de trapper zette.

'See you,' antwoordde Timo die naar de grond keek en zag hoe een mier een klein blaadje met zich meetrok. Was dat dezelfde mier? Hoe zorgeloos was dat beestje.

Het meisje fietste weg. Opeens veerde Timo op en liep gehaast de straat op.

'Lieze, kom terug! We moeten nog...'

'Kijk uit, Timo,' riep een bekende stem terwijl iemand hem aan zijn schouder achteruittrok. Hij hoorde hoe een auto met gierende banden remde en hevig toeterde. De bestuurder maakte een lelijk gebaar met zijn hand, tikte enkele keren met zijn wijsvinger tegen zijn hoofd en reed toen verder. Timo voelde zijn hart in zijn keel bonken.

'Andolome, je hebt mijn leven gered,' zei Timo zachtjes. 'Ik weet niet wat me bezielde. Wat een geluk dat je er net was.'

Wat keek Andolome alweer mysterieus. Dat deed Timo aan iets denken. Hij keek Andolome recht in de ogen. 'Het was waarschijnlijk geen toeval dat je er was?' Het was meer een vaststelling dan een vraag.

Andolome schudde even met zijn hoofd. Zonder nog iets te zeggen wandelde hij weg. Na vijf stappen vervaagde hij en twee seconden later was hij niet meer te zien. Uit een boom vloog een duif weg. Er dwarrelde een pluim naar beneden. De pluim had een grijze kleur.

Het was al donker toen Timo op zijn kamer een nieuwe ringtone voor zijn mobiel downloadde. Hij was tevreden met wat hij gevonden had. Een melodie met een panfluit was bijzonder origineel.

Telkens weer luisterde hij naar het vrolijke liedje. Toen hij ophield met luisteren, bleef het deuntje hangen. Hij neuriede het enkele keren. Totdat hij snapte dat hij de panfluit echt hoorde. In paniek zette hij zijn handen tegen zijn slapen en schudde hij wild zijn hoofd heen en weer. Niet nog een keer! Hij wilde niet zot worden. Die fluit in zijn hoofd moest ophouden.

Hij stond op en opende zijn raam dat uitgaf op de tuin. De verlichting aan de buitenmuur floepte aan en uit. Twee tellen lang stond Timo als aan de grond genageld. Onder zijn raam stond Andolome. In zijn handen had hij een panfluit.

'Wacht, ik kom naar buiten.' Timo stormde naar beneden.

'Eindelijk ben je daar terug. En beloof me dat je dit keer niet verdwijnt,' verzocht Timo.

Andolome lachte. Blijkbaar was hij een jongen van weinig woorden.

'Kun je de verlichting afzetten?' vroeg hij toch nog. 'Die slaat momenteel erg op hol. Dat komt door het magnetische veld dat in de lucht hangt.'

Timo vond die verklaring heel vreemd, snapte er helemaal niets van, maar deed toch wat hem gevraagd werd.

In het schijnsel van het licht dat in de woonkamer brandde,

keek Timo naar de regelmatige gelaatstrekken van Andolome. Hij wist zeker dat hij nog nooit zo'n aantrekkelijke jongen gezien had. En ook nu droeg hij de grijze broek met franjes aan de zijkanten bij een kraaknet en spierwit hemd.

'Leg me toch eens uit waarom je altijd in mijn leven opduikt om dan binnen de kortste keren te verdwijnen.'

'Je hebt me toch geroepen met je panfluit?'

Timo keek verbaasd. Het was geen echte panfluit geweest. Hij had de melodie met zijn mobiel geproduceerd. Had hij Andolome daarmee geroepen? Kon hij eigenlijk wel Andolome met een panfluit roepen?

'Waar ben jij dan dat je in staat bent om de panfluit te horen?' vroeg hij nieuwsgierig.

'Misschien maakte ik een grapje?' Andolome leunde met een hand tegen de wit geschilderde muur. Hij hield zijn andere hand met de panfluit tegen zijn rug.

'Waarom ben je gekomen?'

'Omdat ik niet wil dat je gek wordt.'

Timo grijnsde. 'Hoe wist je….' Hij onderbrak zijn eigen vraag. 'Wie ben je, Andolome?'

'Dat is niet van belang.'

'Voor mij wel. De kranten staan vol met artikels over je. Logisch dat ik me afvraag wie je bent.'

'Overdrijf niet.'

'Dat doe ik ook niet. Je redt mensen. Ik heb het zelf meegemaakt,' klonk hij opgejut.

'Dat klopt.'

'Je hebt mij gered en je wilt niet dat ik gek word.'

Er bewoog een klein spiertje naast het oog van Andolome terwijl hij knikte.

'Vertel me de waarheid, Andolome. Je weet blijkbaar zomaar wie je moet gaan helpen. Komt dat echt doordat je helderziende bent? En hoe kun je dan spoorloos verdwijnen?' Het bleef een poosje stil. Toch woedde er een vragenstorm in het hoofd van Timo.

'Als je het niet uitlegt, word ik sowieso knettergek,' drong Timo aan. 'Het begon toen ik die pluimen voor het raam in de klas zag. Opeens stond je dan zelf ook voor het raam bij de directeur. Je verscheen op mijn computerscherm. Een poosje later haalde je me uit die schuilkelder en zorgde ervoor dat ik niet onder een auto terechtkwam. Intussen heb je ook die bus in veiligheid gebracht. Je hebt een gigantisch ongeval verhinderd. En ik moet dat allemaal normaal vinden? Je lijkt wel goddelijk.'

'Dat ben ik zeker niet.'

'Wat ben je dan wel? Je hebt bijzondere gaven. Gewone mensen hebben die niet.'

'Zie ik er dan niet uit als een gewone mens?'

'Je bent anders. Ik kan het moeilijk uitleggen.'

'Misschien ben jij wel anders,' kaatste Andolome terug. 'Je bent hoogsensitief.'

Dat woord had papa nog nooit gebruikt. Papa had het wel ooit over ADHD gehad en autismespectrum. Timo was er zelfs op getest geweest, maar hij bleek geen van beide te hebben. Hij was wel hoogbegaafd. Hoogsensitiviteit was nooit ter sprake gekomen. En ook, papa was toch arts? Hij zou het weten mocht Timo hoogsensitief zijn.

'Wat bedoel je?' vroeg Timo aarzelend.

'Je voelt dingen op een bepaalde manier aan.'

'Dan zijn we allebei anders.'

'Waarschijnlijk wel.'

'Er moet meer zijn,' vond Timo. 'Je weet dingen die anderen niet weten. En dan de muziek. De panfluit. Als ik die hoor, ben jij in de buurt en duik jij op. Ik heb die fluit gehoord, is het niet?'

'Ja, je hebt ze gehoord.'

'Ook alle keren toen ik dacht dat ik niet goed bij mijn verstand was?'

'Ook al die keren. Je wordt niet gek, geloof me. Ik ben speciaal gekomen om je dat te vertellen. Je hebt mijn muziek telkens weer gehoord.'

'Waarom kon ik die horen en anderen niet?'

Timo was niet verbaasd toen Andolome niet antwoordde. Telkens als hij vragen stelde die ergens iets met de identiteit van Andolome te maken hadden, kwam er nooit een antwoord. Wat verborg Andolome? Dat er iets was, wist Timo zeker. Met een zucht legde hij zijn hand op de rechterarm van Andolome. Het hemd was satijnzacht, maar de arm eronder was stevig gespierd. Er ging een lichte schok door Timo heen.

'Laat me eens een dag bij je blijven. Dan kunnen we allemaal leuke dingen doen.'

'Dat is onmogelijk.'

'Waarom?'

'Gewoon. Omdat het niet kan.'

'Vertrouw je me niet?'

'Wat heeft dat er nou mee te maken?'

'Misschien ben ik het niet waard dat je me vertrouwt. Ik weet dat ik maar heel gewoon ben . Waarschijnlijk vind je dat vriendschap met mij de moeite niet loont.'

'Knul, laat eens wat zelfvertrouwen zien. Ik vind je echt megacool. Anders zou ik hier niet zijn. Ik heb het je al verteld. Heel speciaal voor jou ben ik naar hier gekomen.'

Timo werd helemaal warm vanbinnen.

'Je bent mijn superheld, Andolome. Zonder jou was ik er zelfs niet meer. Vertel eens. Waar kom je vandaan?'

Superheld duwde zijn panfluit tegen zijn mond en begon te spelen. Timo had die muziek nog nooit eerder gehoord.

'Hey, je leidt me af, is het niet? Die melodie is werkelijk prachtig. Wat zeg ik? Hemels is een beter woord.' Hoe kon hij het nog anders uitdrukken? Het was muziek met gouden noten. 'Andolome, toe nou, laat zien dat je me vertrouwt.'

'En of ik je vertrouw.'

'Geef dan een antwoord op mijn vraag. Vertel waar je vandaan komt.'

'Ik heb met mijn muziek geantwoord op je vraag. Je hebt mijn antwoord zelf in een woord vertaald.'

Timo trok zijn wenkbrauwen op. 'Ik heb gewoon gezegd dat je muziek…' Zijn adem stokte.

'Hemels? Kom je uit de hemel? Moet ik dat echt geloven?'

'Dat bepaal je zelf, maar misschien doe je er wel goed aan mij te geloven.'

Timo zuchtte geërgerd en streek door zijn haren.

'Waarom hou je me voor de gek? Kun je niet normaal praten?'

'Ik kom uit een andere wereld, Timo. Een wereld waar tijd en ruimte niet meer belangrijk zijn. En ik hou je zeker niet voor de gek.'

'Tegen wie praat je?' vroeg mama die er ook opeens was.

'Moet je ons nu werkelijk storen, mama? Ik was aan het praten met mijn superheld. Hij was net aan het vertellen over de wereld waar hij vandaan komt,' antwoordde Timo boos.

'En waar is die superheld dan?'

Timo keek om zich heen. Hij was niet eens verbaasd dat Andolome verdwenen was.

'Hij is weg omdat jij er plotseling bent.'

'Dat is niet sympathiek. Wil hij me niet leren kennen?'

'Daarover heeft hij niets gezegd.'

'Wat is er hier gebeurd? Het lijkt wel alsof hier een kip kaalgeplukt is. Raap die pluimen op en gooi ze in de vuilnisbak,' zei mama die weer naar binnen ging.

Timo verzamelde de pluimen, streelde even liefdevol zijn wang ermee en nam ze mee naar zijn kamer. Daar zou hij ze in zijn kleerkast onder een stapel truien bewaren.

'Nu snap ik het,' dacht Timo terwijl hij de trap opging, 'Andolome kondigt zich aan met een panfluit en als hij vertrekt, ligt er een pluim of liggen er enkele pluimen op de plaats waar hij stond.' Dat op zich was al heel vreemd. Verder kon hij onmogelijk verklaren waarom Andolome beweerde dat hij uit de hemel kwam. Correctie, zo had hij het niet gezegd. Hij beweerde dat hij uit een andere wereld kwam. Welke wereld was dat? En hoe kwam hij hier? Het bleef een raadsel.

Een paar tellen lang bleef Timo op een traptrede staan om naar de pluimen te kijken. Wat waren ze mooi. Ze waren lang en slank en zagen er toch sterk uit.

Plots realiseerde hij zich dat zijn ouders in de woonkamer over hem aan het praten waren. Waarschijnlijk hadden ze niet gemerkt dat de tussendeur openstond en dat Timo hen kon horen.

'Lieverd,' hoorde hij mama tegen papa zeggen, 'je moet een afspraak maken bij een specialist. Timo doet weer zo vreemd. Je had hem daarnet moeten horen over zijn superheld.'

'Overdrijf niet. Dat is nog geen reden om naar een psychiater te gaan.'

'Misschien niet, maar ik zag zijn klassenleraar in de supermarkt. Hij vertelde dat het met Timo in de klas heel moeilijk gaat. Hij doet allemaal dingen om de leraren op stang te jagen. Dan hebben de anderen hopen pret natuurlijk. Gewoon lesgeven is bijna niet meer mogelijk, schijnt het. En een straf helpt ook al niet.'

'Heb je er al met Timo over gepraat vandaag?'

'Ik was het wel van plan, maar je kent hem. Hij is een en al onrust. Daarnet stond hij zelfs hardop in zichzelf te praten en gebaren te maken. En het vreemdste was nog dat er pluimen bij zijn voeten lagen. Ik weet niet waar hij die opeens vandaan haalde.'

'Ongetwijfeld heeft er een kat een vogel opgepeuzeld. Daarmee heeft Timo toch niets te maken.'

'Misschien niet. Toch maak ik me zorgen. Zijn klassenleraar had ook de indruk dat Timo weinig vrienden heeft. En dat klopt, geef toe. Timo kan ook heel moeilijk met anderen samenwerken. Alleen met Lieze en Lander lukt het wel, vertelde die man. Misschien heeft Timo toch een medicijn nodig om rustig te blijven tijdens de lessen.'

'Goed dan. Ik zal straks een van mijn studievrienden van vroeger bellen. Hij is psychiater. Ik zal vragen of we zo vlug mogelijk mogen komen.'

'Een specialist is niet nodig. Ik ben niet zot,' riep Timo heel luid. 'Andolome heeft het ook gezegd.'

'Vanavond moet ik van mijn ouders naar een psychiater. Mijn moeder vindt dat ik niet normaal reageer,' vertelde Timo de volgende morgen aan Lander. Ze waren net in de klas gaan zitten.

'Vind je dat niet verschrikkelijk? Psychiaters zijn er voor mensen die ze niet allemaal op een rij hebben,' vond Lander die ontzet keek.

'Dat zal wel meevallen. Ik moet gewoon even met hem praten. Dat stelt niets voor. Die psychiater is een oude vriend van mijn vader. Daarom ook hoef ik niet lang te wachten op een consultatie. En dat is maar goed ook. Dan kan dat gezeur van mijn moeder eindelijk ophouden.'

Toen kondigde de bel de lesdag aan. Eerste uur. Wiskundeles. Gems bleef maar vragen stellen en eindeloos leerstof herhalen. Af en toe krabde hij even in zijn achterovergekamde haren. Aan zijn slapen werd hij grijs. Zijn korte baardje was al grijs.

'9 is de positieve vierkantswortel van 81 omdat 9 keer 9 gelijk is aan 81.'

Timo zuchtte. Vierkantswortels. Wie had die ooit bedacht? En waarom?

'Nu los je de opgaven op die je vindt op pagina 42.'

Hierin had hij echt geen zin. Hij keek naar Lieze die verderop zat. Ze liet haar pen tussen haar vingers wippen. Misschien zou hij haar mogen helpen als hij alle opgaven afgewerkt had?

'Ik ben klaar, meneer,' riep hij even later.

'Nu al?' vroeg de leraar verbaasd. 'Laat eens zien. O. Mooi.

Dat is in orde. Los dan ook nog maar de opgaven van pagina 43 op.'

'Huh? Ik werk hard en word daarvoor gestraft met nog meer zulke opgaven? Dat pik ik niet.' Timo schoof zijn boek van zich af.

'Sorry?' probeerde Gems vriendelijk te blijven.

'Ik heb geen zin in nog meer oefeningen,' bromde Timo.

'Dat is best mogelijk en toch zul je ze moeten oplossen. Ik deel hier de opdrachten uit.'

De leerlingen gniffelden. Altijd leuk als er wat in de klas gebeurde.

'Mag ik Lieze helpen?' vroeg Timo.

'Nee. Ze moet het alleen proberen. Jij lost de oefeningen op die ik opgeef.'

'Kun je ook opgaven geven die wat moeilijker zijn?'

'Moeilijker? We zijn net begonnen met die leerstof en jij wilt al moeilijke opgaven? Wat stel jij je dan daarbij voor, jongeman?'

'Weet ik veel. Iets anders. Zoals…' Hij draaide zijn vel papier. De keerzijde stond vol met berekeningen. 'Zoals de positieve vierkantswortel van 1 582 564 is 1258.'

Lieze keek verbaasd. Hoe deed hij dat? Haar mond bleef even openstaan.

'En de positieve vierkantswortel van 11 350 161 is 3369.'

De leerlingen joelden en applaudisseerden.

'Willen jullie nog meer?' lachte Timo. 'De positieve vierkantswortel van 20 720 704 is….'

'Hou op,' eiste de leraar.

'Nee, hoor. Die is 4552.'

Iedereen lachte en praatte door elkaar.

'Jij bent een genie!' riep Ilse.

45

'Waar heb je dat geleerd?' vroeg Robin.

'Heb je een geheime truc?' reageerde Lander.

'Helemaal niet, komaan, jongens en meisjes,' riep de leraar de leerlingen tot de orde terwijl hij alweer in zijn haren krabde. 'Timo heeft gewoon eerst berekend hoeveel 4552 keer 4552 is. Meer is dat niet.'

De leerlingen draaiden zich om en keken naar Timo die achteraan zat.

'Ik heb nog meer voorbeelden, hoor,' glunderde hij. 'Hé? Horen jullie ook die panfluit?' De fluit klonk hard, bijna dreigend. Waarschijnlijk wilde Andolome hem ontmoeten. 'Andolome is er. Ik moet weg,' riep Timo.

'Genoeg nu,' eiste Gems. 'Blijf hier. Jij werkt verder zoals iedereen.' Timo stormde naar buiten.

Ver kwam hij niet. In de gang liep hij bijna pardoes tegen de directeur aan.

'Het is toch niet waar dat je hier alweer bent, Deridder!' De stem van de directeur klonk boos. Timo haalde zijn schouders op en slikte een giftige opmerking in.

'Het is op vrijwillige basis. Ik ben er zelfs niet eens uitgegooid.'

'Dit kan echt niet, jongeman! Kom maar even mee naar mijn bureau.'

Timo gromde iets onverstaanbaars.

'Je zegt?' polste de directeur terwijl ze het kantoor binnengingen. De directeur ging zitten. Timo keek hem staalhard aan.

'Die oefeningen die we moesten oplossen waren even boeiend als koude pap.'

De directeur trok een niet-begrijpend gezicht. 'Je leraar doet er alles aan om de les zo boeiend mogelijk te maken. Hij leeft voor zijn vak.'

Timo schudde zijn hoofd.

'Dat denk je maar. En ook, ik had alle oefeningen al opgelost. Anne-Sophie was ook al klaar en zat ook te wachten op ander werk. Ik weet alleen niet waarom de anderen daar zoveel tijd voor nodig hebben. Man, ik verveel me te pletter. Ik kon net zo goed naar Andolome gaan. Hij is in de buurt. Ik heb zijn panfluit gehoord.'

De directeur tikte met zijn vingers op zijn bureau. Een gewoontegebaar.

'Ik weet niet waarover je het hebt. Je moet je echt gedragen, Timo. Zelfs als je je verveelt.'

Timo snoof.

'Ik zal er met je leraren en je ouders over praten. En intussen zullen we ook proberen je problemen aan te pakken.'

'Ik heb geen problemen,' snauwde Timo. 'Kunnen mijn ouders er buitengelaten worden?'

'De manier waarop je dit alweer zegt, laat zien dat je sociale vaardigheden mist. Daaraan zullen we werken,' besloot de directeur. 'Als je je de komende dagen niet goed gedraagt, zul je niet mee mogen op excursie naar de grotten van Han. En dat is binnenkort. Denk daar ook maar eens over na. Ik zal zo meteen je ouders bellen. Je moeder overwoog om je naar een psychiater te sturen, vertelde je klassenleraar. Daarom is het beter dat ze ook nog hoort wat er daarnet gebeurd is. Ga intussen maar in de studiezaal zitten. Daar kun je afkoelen.'

'Natuurlijk ben je niet gestoord of zo,' bevestigde de psychiater na een heel lang gesprek met Timo en zijn ouders. 'Het is heel normaal dat je in grote mate opkijkt naar Andolome. Hij heeft tenslotte je leven gered. Je kunt hem inderdaad als een superheld beschouwen, maar daarin hoef je nu ook weer niet te overdrijven,' vond de psychiater die zijn bril wat hoger op zijn neus duwde. Zijn praktijk was op de eerste etage van een heel groot gebouw.

Timo maakte met zijn wijsvinger zijn onderlip vochtig door er heen en weer over te wrijven. Intussen genoot hij van het prachtige uitzicht op een immens park. Twee mensen waren op het pad middenin het park aan het joggen.

'Je hebt inderdaad wel kenmerken van hoogsensitiviteit, maar dat kan alleen maar een voordeel voor je zijn.'

Andolome had daarover dus toch gelijk, dacht Timo. Blijkbaar kende Andolome hem door en door. Alleen gaf hij zo vaak heel bizarre antwoorden. Timo was daarover toch maar niet begonnen tegen de psychiater. Mocht hij hem alles, dus ook elk detail, verteld hebben, zou die man zeker denken dat hij geschift was. Hij zou zelfs denken dat zowel Andolome als hijzelf kierewiet waren. En terecht. Het was allemaal zo onwaarschijnlijk. Nee, dat risico had Timo niet durven te nemen.

'Je beleeft alles wat er gebeurt erg intensief. Je stelt alles in vraag. Je bent nieuwsgierig, scherpzinnig, uitermate gevoelig voor details, licht- en geluidsprikkels,' ging de psychiater verder. 'Dat verklaart misschien die fluit die je in gedachten zo vaak hoort. Fout is dat allemaal niet. Wel heb je een heel grote nood aan meer uitdaging. En je moet je wat beter gedragen op school. Zo kan het echt niet verder. Je hebt ook klasgenoten die wel aandachtig willen zijn, studeren en noem maar op. Niet voor iedereen is de leerstof te gemakkelijk, Timo.'

Dat was nog maar eens een preek. Die psychiater besefte waarschijnlijk niet dat hij zelf aan het overdrijven was. En hij hoorde die fluit echt. Andolome had dat trouwens bevestigd. Timo keek op zijn horloge. Wanneer zouden ze hier weg kunnen? Misschien kon hij straks aan Lander vragen om te gaan tennissen?

'Timo, luister je wel? Wat kan voor jou een nieuwe uitdaging zijn?'

Uitzoeken wat er met Andolome aan de hand is.

'Ik weet het niet,' antwoordde hij heel volgzaam in de hoop dat de beproeving van de consultatie vlug voorbij zou zijn. Even beet hij op de binnenkant van zijn bovenlip.

'Misschien Italiaans leren?' stelde mama voor. 'Een poosje geleden praatte je altijd over dat meisje met Italiaanse roots.'

'Nu niet meer. Ik heb heel lang niet meer aan Amelia gedacht,' stelde Timo vast. Ooit had hij gedacht dat hij kriebels voelde voor Amelia, maar dat was vroeger. Nu had hij echt wel belangrijker dingen aan zijn hoofd. Amelia kon trouwens niet aan Andolome tippen.

'Het mag ook een nieuwe sport zijn,' vond papa. 'Wat denk je van diepzeeduiken?' Dat had papa vroeger nog gedaan. Wellicht was hij er daarom zo enthousiast over. Misschien hoopte hij om dat samen te kunnen doen.

'Liever niet.' Af en toe tenniste hij met zijn vader. Eén gemeenschappelijke sport was meer dan voldoende.

'Leer spelen op een instrument,' stelde de psychiater voor.

Er verschenen lichtjes in de ogen van Timo.

'Dat is het,' antwoordde hij enthousiast. 'Ik zou graag panfluit leren.'

'Goed idee,' knikte mama. 'Je hebt het zo vaak over een panfluit.' Haar bruine ogen stonden bezorgd.

'Soms praat ik over de panfluit van Andolome. Hij kan er bijzonder goed op spelen.'

'Dat is dan geregeld,' zei papa opgelucht en streek met zijn hand doorheen zijn haar. Dat deed hij altijd als hij zenuwachtig was. 'We kopen een fluit en zoeken een leraar.'

'Laat hem het instrument in zelfstudie leren. De uitdaging zal nog groter zijn. Misschien kan ik nog iets voorschrijven om Timo helemaal rustig te laten worden,' stelde de psychiater voor. 'Dat middel zou hij dan kunnen innemen net voor hij naar school vertrekt bijvoorbeeld.'

'Heb ik niet nodig,' antwoordde Timo nors. Alles zou veranderen met die panfluit. Hij zou op zijn minst kunnen proberen of hij Andolome ermee kon roepen. Dat had Andolome toch gesuggereerd net voordat hij zichzelf corrigeerde en opmerkte dat het een grap was. Misschien was het geen grap.

'Dat medicijn zou goed zijn om je beter te kunnen beheersen,' probeerde mama nog.

'Hoeft echt niet.' Waarom hielden ze nu niet op? Hij wilde weg.

'Laten we voorlopig hiermee wachten,' besloot papa. 'Mocht het nodig zijn, dan kan ik zelf nog altijd iets voorschrijven.'

Toen Timo op vrijdagavond na schooltijd thuiskwam, lag er een gloednieuwe panfluit op zijn bed. Ernaast lag een handleiding 'Panfluit in twintig lessen'.

Verrukt haalde Timo de fluit uit de doos. Hij blies erop. Er kwamen enkele schrale klanken uit. Wat een ellende!

'Timo,' hoorde hij plotseling achter zich. Daar stond Andolome. Timo schrok niet eens. Was er een beter bewijs dat Andolome bijzondere krachten had? Hij moest alleen maar op zijn fluit spelen om Andolome te laten verschijnen. Het was wel een raadsel hoe dat gebeurde en hoe hij hier binnengekomen was. Stond er een deur open misschien? Timo fronste zijn wenkbrauwen. Ongetwijfeld was er een logische verklaring voor dat onverwachte opduiken en verdwijnen. Timo was vast van plan om daar later even goed over na te denken. Eén ding was zeker, buitenaardse wezens bestonden alleen in sprookjes.

'Ik riep je en je bent gekomen,' glimlachte Timo.

'Dat klopt. Alleen moet je van die ijselijke klanken af. Kijk goed wat ik doe.'

Andolome begon te spelen. De muziek was ongelooflijk mooi. Een poosje later kwam mama binnen.

'Timo, je bent een natuurtalent. Ik wist niet dat je zo goed kon spelen. Waar heb je dat geleerd zonder dat ik het wist?'

Drie tellen lang schudde Timo met zijn hoofd en zuchtte diep. Hoe kon hij uitleggen wat er aan de hand was zonder dat ze hem krankjorum verklaarden? Hij keek naar zijn bed. Daar lag de fluit naast een heel klein wit pluimpje. Van Andolome was er geen spoor.

Timo pakte de fluit, ging naar beneden en haalde zijn fiets uit de garage. Hij fietste naar het domein van de opgravingen. Alex had een tweede bord laten plaatsen met daarop 'Gevaar'.

Ongeduldig gooide Timo zijn fiets in de berm en ging in het gras zitten. Even keek hij om zich heen. Er was niemand. Toen blies hij een melodie op de fluit. Valser kon waarschijnlijk niet, maar tot zijn grote vreugde slaagde zijn poging. Wat verder stond Andolome. Hij was bloedmooi en droeg opnieuw zijn grijze broek bij dat witte hemd. Zijn gitzwarte lange haren zaten onveranderlijk met een elastiekje vast.

'Nu ben je me meer dan ooit een uitleg verschuldigd,' begon een dolgelukkige Timo.

Andolome knikte en ging naast Timo in het gras zitten. Voor het eerst keek Timo aandachtig naar de schoenen van Andolome. Het waren bruine mocassins. Timo vond ze prachtig.

'Je hebt gelijk. Ik heb het te ver uit de hand laten lopen. Het was nooit mijn bedoeling dat je me lijfelijk zou ontmoeten. Toen je in de schuilkelder vastzat, wilde ik je redden. Het licht moest je laten zien waar de ladder stond. Ik opende dat valluik en jij moest die ladder gebruiken om naar buiten te gaan. Alleen stond je pal onder dat luik toen ik het opende en kreeg je brokstukken op je hoofd. Dat was niet de bedoeling, maar het gebeurde wel. Toen heb ik je zelf uit de schuilkelder gehaald en heb ik gewacht totdat je bijkwam.' Zijn stem klonk neutraal. Timo durfde bijna niet te ademen. Zo bang was hij dat Andolome zou ophouden met vertellen.

'Hoe wist je dat ik daar was?'

'Dat heb ik gevoeld.'

'Begin niet weer, Andolome, met zo'n vage en rare antwoorden.' Timo verloor zijn geduld. 'Wie ben je? Gewone mensen kunnen niet zomaar opduiken en nog minder spoorloos verdwijnen.'

'Dat is correct.'

Even bleef het stil.

'Ofwel ben ik toch knettergek ofwel ben jij geen gewone mens.' Nu klonk zijn stem vlak.

'Je bent niet gek.'

'Dan ben jij geen gewone mens,' besloot Timo die een slikbeweging maakte en daarna zijn lippen op elkaar klemde. Hij huiverde even.

'Als ik vertel wie ik ben, dan denk jij dat ik ze niet allemaal op een rij heb.'

Konden de rollen dan omgekeerd worden? Wie was er nu niet goed wijs?

'Ik beloof je dat ik dat niet doe.' Hij liet zijn hoofd even de schouder van Andolome aanraken.

'Mijn verhaal is bijna niet te geloven. Je zult het op zijn minst een heel vreemde story vinden,' vertelde Andolome.

'Ik hou van vreemde verhalen. Dus probeer het maar. Je zult merken dat ik je geloof. Ik ben niet zoals de anderen die aan mij twijfelen als ik het over jou heb.' Timo boog zijn hoofd iets voorover en knipperde met zijn wimpers.

'Wellicht is het beter om het niet lang over mij te hebben,' vond Andolome. Die woorden maakten Timo weer erg onrustig. Kwam er dan nooit eens een einde aan het mysterie? Wanneer kon hij een antwoord krijgen op alle vragen?

'Waarom niet?' vroeg Timo gespannen.

'Omdat ik geen echte mens ben. Niet meer om helemaal correct te zijn.'

Timo krabde even in zijn haren.

'Sorry, ik snap je niet.' Hij probeerde zijn toon luchtig te houden. Eerlijk gezegd maakten die vreemde uitspraken hem ook een beetje bang.

'Toch wel, Timo. Ik ben niet van vlees en bloed.'

'O nee? Je ziet er nochtans uit als van vlees en bloed. Wat ben je dan wel? Een vampier of zo?' grinnikte Timo. Ook dat nog. Die jongen maakte het hoe langer hoe erger. En toch vond Timo het bijzonder prettig om met hem te praten. Hij hield van zijn stem. En hij stelde de vriendschap van Andolome bijzonder op prijs. Alleen was het blijkbaar een vriendschap met een duister kantje. Die geheimzinnigheid vond hij dan weer cool. Nog meer zelfs. Die intrigeerde hem in grote mate.

'Nee. Ik ben gewoon zichtbare energie.'

'Wat?' Nu was het wel duidelijk dat die jongen niet goed snik was. Timo keek Andolome even aan en richtte zijn blik daarna op het gras. Hoe moest hij met zo'n vriend omgaan? Was echte vriendschap tussen hen nog wel mogelijk?

'E-ner-gie.'

'Een brok energie. Ik heb nog nooit iemand met meer energie ontmoet. Kom nou, vertel het me. En wees duidelijk. Wie ben je?' Het leek wel alsof elk antwoord van Andolome uitkwam op een doodlopend spoor. Elk antwoord riep nog veel meer vragen op.

'Oké, ik zal het vertellen. Ik ben een Cubaan, geboren in 1556 als enige erfgenaam van een heel grote suikerrietplantage.'

Timo begon te lachen. Het duurde maar even voordat hij bulderde. 'Geboren in de zestiende eeuw? Man, hoe kom je daar nou

bij?' Andolome was inderdaad getikt. Hij zou hem beter het tele-
foonnummer van zijn psychiater geven zodat hij behandeld kon
worden.

'Zul je luisteren of vertrek ik?' dreigde de Cubaan.

Plotseling pakten donkere wolken boven hun hoofden
samen. De lucht kreeg iets dreigends. Timo hield op met lachen.
Er was inderdaad iets aan de hand met Andolome. Maar dat hij
zou geboren zijn in 1556? Dat was erover.

'Sorry, ik zal niet meer met je lachen,' beloofde Timo. 'Vertel verder, alsjeblieft. Ik ben heel benieuwd.'

'Ik weet dat het onwaarschijnlijk in je oren klinkt, maar dat komt doordat je een mens bent,' antwoordde Andolome.

Timo tuitte zijn lippen en knikte. Het was heel moeilijk om niet te lachen.

'Mijn vader kocht honderden Afrikaanse galeislaven om ze in te zetten op de plantage. Hij behandelde ze afschuwelijk. Mijn moeder en ik konden dat niet hebben en hielpen ze te ontsnappen. We gaven ze voedsel en geld mee. Toen mijn vader ontdekte wat er gebeurde, was hij zo boos dat hij ons als slaven verkocht en op een galeischip naar Spanje zette. De overtocht was afschuwelijk.'

Wat een verhaal. Intussen luisterde Timo met open mond. De neiging om te lachen was compleet verdwenen.

'En dan?'

'We werden gekocht door een Spaanse kunstenaar, een beeldhouwer. Bij hem leerde ik beeldhouwen en in zijn huis leerde mijn moeder mij met kruiden om te gaan. Helaas was ons geluk van korte duur. De kunstenaar overleed en zijn familie verkocht ons verder tijdens de Tachtigjarige Oorlog. Zo kwamen we hier in Vlaanderen terecht. Het duurde niet lang of de autoriteiten dachten dat we heksen waren. We zagen er anders uit met onze donkere haren en bruine huid. En we bezaten geneeskundige krachten.'

'Ben je een zieltje aan het redden, Andolome?' vroeg opeens een onbekende vreemde man. Timo wist niet waar die zo onverwachts vandaan kwam. Hij droeg een afgedragen grijs pak. Zijn haren waren bruin en zaten slordig. En de man keek scheel.

'Timo, ren weg,' schreeuwde Andolome. 'Nu!' Andolome vloog overeind en Timo volgde zijn voorbeeld. Hoog in de lucht rommelde het. Timo voelde gewoon dat er gevaar dreigde. Ineens waren Andolome en die vreemde man in een hevig gevecht verwikkeld. Timo holde zo hard hij kon. Toen hij na een poos achteromkeek, zag hij een reusachtige vuurbol. Hij hoorde een immens geknetter. Het begon keihard te regenen. En toen was het voorbij. De vuurbol, Andolome en de vreemde man waren verdwenen.

Timo was drijfnat toen hij thuiskwam. En hij huilde van ellende. Hij wist niet meer wat hij van de hele toestand moest denken.

'Eindelijk ben je er,' zei mama die sla aan het schoonmaken was. 'Wat een rotweer. Hé, wat scheelt er? Problemen met een meisje?'

'Laat maar,' antwoordde Timo, die doorliep naar zijn kamer. Waarom dachten zijn ouders altijd dat er iets met een meisje was als hij verdriet had? Waarom snapten ze zijn echte zorgen niet? Merkte zijn moeder dan niet dat hij helemaal in de knoei zat met zichzelf? Hij hoorde muziek die anderen niet hoorden. En hij zag nu ook al dingen die er waarschijnlijk niet waren. Hoe konden mensen anders plotseling opduiken en dan weer verdwijnen in een vuurbol? Moest hij dan werkelijk geloven dat het geen mensen waren? Wat waren ze dan wel? Zichtbaar geworden energie zoals Andolome suggereerde? Iets als elektriciteit? Groene stroom misschien?

Timo trok andere kleren aan en ging op zijn rug op zijn bed liggen met zijn handen onder zijn hoofd.

Opeens hoorde hij de ringtone van zijn gsm. De panfluit. Alex, stond er op de display. Hij duwde op het knopje.

'Met Timo,' zei hij met monotone stem.

'Hallo, Timo. Daarnet was ik bezig op het domein van de opgravingen. Ik zag je in het gras zitten. Daarom wil ik je even vragen wat je daar precies deed. Op de plek waar je zat, liggen momenteel een heleboel metalen plaatjes, vijzen en bouten. Heb je daar een computer uit elkaar gehaald of zo?'

Timo haalde even zijn schouders op.

'Hoe kom je daar nou bij? Nee, heb ik niet gedaan. Ik zat daar gewoon.'

'Vreemd waar die brokstukken dan vandaan komen. Ik dacht dat jij er iets mee te maken had.'

'Niet dus. Zeg, mag ik ook iets vragen? Was er iemand bij me toen je me zag?'

'Wat een vraag. Weet je dat dan zelf niet meer? Nee, er was niemand bij je. Ik heb wel nog naar je geroepen toen die bliksem insloeg, maar je hoorde me niet.'

'Je hebt dus ook een vuurbol gezien?'

'Ja, wie niet? Daar kon je niet naast kijken. Als jij me niet verder kunt helpen, zal ik elders moeten informeren. Tot later.'

'Ciao.'

Timo zuchtte. De vuurbol was er werkelijk geweest. En Andolome die vocht met een man? Zouden die twee alleen in zijn verbeelding bestaan?

Zaterdagmorgen. De weekendkrant lag op de ontbijttafel. Papa was door een patiënt opgeroepen en mama was nog met de koffie bezig.

Timo pakte de krant vast en schrok toen hij de voorpagina zag.

'Onbekende jongeman redt opnieuw tientallen levens in de Westhoek.

De hele streek blijft in de ban van de mysterieuze jongeman die alarm sloeg toen hij vorige nacht brand opmerkte in het Rust- en Verzorgingstehuis De Frontlijn. Hij hielp bij de evacuatie van de honderd bewoners van het rusthuis. Dankzij hem is er niemand gewond geraakt.

Deze jongeman wordt dringend verzocht zich bij de politie te melden. Hij droeg een grijze broek bij een wit hemd. Wie inlichtingen kan verschaffen over deze persoon of de omstandigheden van de brand moet contact opnemen met de dichtstbijzijnde politie.'

Andolome is er nog, dacht Timo opgelucht. Hij was niet dood. Dat maakte Timo bijzonder blij. Uiteraard zou hij proberen om Andolome te ontmoeten. Natuurlijk niet hier. Mama was thuis en zo meteen begon het spreekuur van zijn vader. Binnenkort zou het hier wemelen van de patiënten.

Na het ontbijt fietste Timo naar het domein van de opgravingen. Hij kroop over de omheining en ging in het gras tegen een oude eik zitten. Alex zou het niet erg vinden dat hij hier zat.

Hij zou de schuilkelder zeker niet binnengaan. Dan zouden er ook geen belangrijke historische sporen verdwijnen.

Timo pakte de panfluit en probeerde erop te spelen. Het duurde wat langer dan anders, maar na twee minuten was Andolome er.

'Eindelijk,' fluisterde Timo die de fluit naast zich neerlegde. Andolome ging zitten in kleermakerszit.

'Wat wil je?'

'Ik ben zo blij dat je nog leeft,' antwoordde Timo met glimmende ogen.

'Natuurlijk leef ik nog. Ik heb het al laten blijken, maar je geloofde me niet. Ik ben onsterfelijk. Bijna toch.'

'Leg dat eens uit, Andolome. Vertel me alles wat er te vertellen valt. En verdwijn alsjeblieft niet nog een keer.'

Andolome glimlachte van oor tot oor, maar Timo keek heel ernstig.

'Timo, je moet me iets beloven.'

'Ik beloof je alles.'

'Dat is schitterend. Beloof me dat je je niet aan me zult hechten.'

'Waarom niet? Je bent heel belangrijk voor me.'

'Je zult verdriet hebben en dat wil ik niet.'

'Waarom zou ik verdriet hebben?' Zijn bewondering voor Andolome was eindeloos. Hij voelde zelfs kriebels voor Andolome. Daarom alleen al moesten ze vrienden kunnen blijven. Hartsvrienden. En dat andere, het bizarre van de situatie, zou hij er gewoon bij nemen.

Timo schudde zijn hoofd terwijl hij Andolome intens aankeek.

'Ik kan niet op aarde blijven, Timo. Als ik er niet meer zal zijn, zul jij verdriet hebben.'

'Je praat gek. Waarom zou je niet op aarde kunnen blijven? Ben je ongeneeslijk ziek of zo?' Het zag er niet naar uit, maar met grote ziekten wist je nooit.

'Geloof nu toch eens wat ik vertel. Ik ben geen mens. Dat betekent dat ik het niet meer ben. Ik ben zichtbaar geworden energie. Lang geleden is mijn lichaam op zeventienjarige leeftijd gestorven op de brandstapel hier in de buurt. Kom je mee? Ik laat je zien waar.'

Timo werd bleek. Hij opende zijn mond alsof hij hier tegenin wilde gaan, maar toch zweeg hij. Beetje bij beetje begon het bij hem te dagen, begreep hij het en sloeg de pijn toe omdat Andolome geen gewone vriend was. Andolome zou niet bij hem blijven. Misschien zou Timo hem nooit meer terugzien als hij eenmaal verdwenen was. Hard en meedogenloos was het.

Ze stonden op en gingen wat verder de weide in. Timo merkte dat Andolome een stuk langer was dan hijzelf. Zijn schouders waren breder dan die van hem. Kortom, Andolome was perfect.

'Hier op deze plek werden mijn moeder en ik levend verbrand omdat de autoriteiten dachten dat we heksen waren.'

Hoe zou hij met deze informatie moeten omgaan? Timo wist het allemaal niet meer. Het was een waanzinnig verhaal.

'Nu ben je er toch? Ik praat met je. Ik kan je zien, voelen, horen, ruiken. Je ruikt heel lekker.'

'Je redeneert als een mens en dat is goed. Uiteindelijk ben je een mensenkind. Probeer nu toch eens te vatten wat ik je vertel. Ik ben als galeislaaf verkocht door mijn vader en kwam in Spanje terecht. Daar leefde ik bij een Spaanse kunstenaar. Later ben ik tijdens de oorlog door de geuzen meegenomen en woonde ik in deze abdij.' Hij wees naar de opgravingen. 'Twee jaar later werd mijn lichaam vermoord. Alleen mijn lichaam, mijn levensenergie is gebleven.'

63

Wat was dat nou weer? Soms zat er logica in wat Andolome vertelde. Andere keren was zijn uitleg niet te snappen. En dan mocht Timo al heel blij zijn dat er een uitleg gegeven werd.

'Kom nou, Timo, zelfs jij moet dat snappen. Je bent intelligent. Op bepaalde dagen bruis je van energie. Dat is iets dat je voelt. Jij beschikt, net zoals iedereen trouwens, over een zekere hoeveelheid energie. Als je sterft, dan blijven je gedachten en gevoelens en de energie die daarin te vinden is. Jij redeneert zwartwit en daarom is het zo moeilijk voor je om deze vorm van energie wetenschappelijk te benaderen. Vele mensen zoeken niet eens een wetenschappelijke uitleg. Ze geloven in God en in de Hemel en dat je daar verder leeft na de dood.'

Timo knikte. Natuurlijk hoopte hij dat er een hemel bestond en dat hij daar verder zou kunnen leven.

'Je zou het ook als volgt kunnen stellen,' ging Andolome verder. 'Een van de basiswetten van de thermodynamica is dat er geen energie verloren gaat. En dat er ook geen energie uit het niets opduikt.'

Timo snoof een paar keer. Wat klonk dit ingewikkeld. Hij kon maar niet aan de idee wennen dat Andolome geen mens zou zijn. Het voelde toch aan alsof ze heel goede vrienden waren?

'Luister je nog, Timo? Energie kan omgezet worden in warmte bijvoorbeeld. De energie blijft, maar krijgt een andere vorm. Dat is wat er met mij gebeurd is. Mijn energie is er nog en laat zich zien in een andere vorm. Een menselijke vorm dus.'

Wat een logica. Later zou hij erover nadenken. Nu was er nog steeds zoveel waarnaar hij wilde informeren en die informatie wilde hij gewoon horen. Er was vooral dat ene, iets wat hem al de hele morgen bezighield. Aarzelend keek hij naar het gezicht van Andolome, maar ook naar de rest van zijn lijf.

'Zijn er dan nog veel van die wezens als jij?' durfde Timo eindelijk te vragen. Hij hield zijn hoofd schuin.

'Ja, heel veel, maar niet iedereen ziet ze. Je moet ook aandacht voor hen hebben. Het komt erop neer dat je ze ook moet willen zien.'

Die gedachte leek op wat Alex vertelde. Vele mensen zien wel dingen, maar je moet er ook echt naar kijken.

'Ik wil ze zeker zien. Je vertelde dat je hier niet meer lang zult blijven. Waar ga je dan naartoe?' informeerde Timo verder.

'Ik moet energie gaan opladen. De laatste tijd heb ik er heel veel verbruikt. Heel veel mensen hadden mijn hulp nodig.'

Alweer werd Timo ongeduldig. Het antwoord van Andolome leek nergens op.

'Hoe en waar moet je energie opladen?' drong Timo aan. 'Bestaan er daarvoor ook speciale laadpalen zoals voor elektrisch aangedreven fietsen?'

'Een laadpaal heb ik niet nodig. Het loopt helemaal anders. Bepaalde mensen hebben het over het universum of het heelal. Daar neem ik de nodige energie op om terug te keren. En maak je geen zorgen: mocht je me ooit willen terugzien, ik kom terug bij het begin van de volgende zonnecyclus.'

Timo liet de warrige informatie op zich inwerken. Hij slikte en had moeite om zich goed te houden.

'Wanneer is dat dan? Zal ik dan nog leven?' Zijn vraag smaakte bitter op zijn tong. Daarna wees hij zichzelf terecht. Hij moest positief zijn en blijven geloven dat het allemaal wel zou meevallen.

'Ik denk het wel. Een zonnecyclus duurt ongeveer elf jaar. Laat me zeggen dat ik na een tijdspanne van negen tot veertien jaar zeker op aarde terug ben.'

Een paar keer knikte Timo langzaam.

'Wat is een zonnecyclus?'

'Dan ontstaan er zonnevlekken. Dat zijn magnetische explosies van de zon. Die laten me toe om naar hier terug te keren.'

Kon hij maar met Andolome mee. Deze gedachte flitste door zijn hoofd. Normaal gesproken was hij van niemand bang of liet hij zich nergens door van streek maken, maar opeens begonnen zijn handpalmen te zweten.

'En hoe vertrek je naar ginder?'

'Gewoon. Als er geen elektriciteit meer is, werken elektrische apparaten ook niet meer. Ze vallen gewoon stil. Dat is wat er met mij zal gebeuren. Alleen wil ik iets vroeger zelf de elektriciteit uitschakelen. Dan ben ik in staat om mijn uiterlijk te behouden. Anders moet ik op zoek naar een ander uiterlijk en dat vind ik niet zo prettig.'

'Waar moet je dat uiterlijk dan gaan vinden?'

'Dat weet je liever niet.'

Timo dacht daar even over na. Met zijn wijsvinger streelde hij zijn wang.

'Toch wel.' Hij produceerde een zwakke glimlach. Ergens was hij bang van wat Andolome allemaal vertelde. Het was zo overweldigend, bijna niet te vatten.

'Als ik mijn uiterlijk niet kan behouden, neem ik het lichaam over van iemand die niet naar de aarde wil terugkeren.'

Timo wreef over zijn kin en speelde in gedachten hun gesprek nog een keer af. Heel langzaam drong de ware betekenis van zijn woorden tot hem door.

'Bestaan er dan zo'n mensen?' vroeg hij ongerust. Hoe kwamen ze erbij om het lichaam van iemand anders te stelen? Hij hoopte oprecht dat hij niet veel van die dieven zou ontmoeten.

'Heel veel. Voor sommige mensen was het leven op aarde zo

zwaar, zo wreed dat ze er liever niet meer mee geconfronteerd worden.'

'En jij verkiest om wel te komen. Waarom?' De opwinding van het moment verdrong de schrik die hij daarnet voelde. Zou Andolome het over hun bijzondere vriendschap hebben? Vond hij die ook zo belangrijk? En zou hij dat nu aan hem bekennen? Misschien was Andolome wel heel speciaal voor Timo naar de aarde teruggekeerd? Timo hapte naar adem.

'Om mensen te helpen. En ook om ze een beetje te sturen. Soms beseffen mensen niet eens dat ze de aarde en het mensenras om zeep helpen.'

Dit antwoord ontgoochelde Timo een klein beetje. Waarschijnlijk had hij weer te veel van Andolome verwacht. Natuurlijk moest hij die mensen helpen. En ze mochten hun leefomgeving niet bezoedelen. Timo dacht aan alle mogelijke vormen van vervuiling. Hij had er op school over geleerd. Andolome had gelijk als hij beweerde dat de aarde in gevaar was.

'Als je weg bent, kun je de mensen niet meer helpen.'

'Ik laat wel boodschappen achter voor wie ze vindt. Ooit zal ik ze aan jou laten zien.'

Even aarzelde Timo.

'Toen je op mijn computerscherm verscheen, heb je me ook een boodschap gegeven, niet?'

Andolome knikte.

'Ik denk dat je me wilde vertellen dat ik niet naar de opgravingen toe mocht.'

'Dat is correct. Jammer dat je mijn boodschap niet op tijd begrepen hebt. Het zou je veel ellende bespaard hebben.'

'Daarmee ga ik niet akkoord. Mocht ik niet naar de opgravingen geweest zijn, zou ik je waarschijnlijk niet hebben leren kennen. Ik heb er dus goed aan gedaan je boodschap in de wind te slaan.'

Ze lachten. Andolome ging een eind verderop staan. Een zwerm vogels ging in de oude eik zitten zingen. Hun geluid maakte de magie van het moment nog groter.

'Voor vandaag heb je genoeg gehoord, jongeman. Meer kan je menselijke geest niet aan. Anders ga je weer denken dat je krankzinnig wordt.'

Nog voor Timo kon protesteren was Andolome alweer verdwenen. Op de plek waar hij stond, lagen witte pluimen. Donspluimen.

'Timo, je moet de bal terugslaan, niet boven je hoofd meppen,' riep Lander. Ze waren aan het tennissen.

'Sorry, het lukt niet vandaag.' Hij gaf een scheef lachje en bewoog met zijn voeten op en neer, snel en regelmatig. 'Ik doe wat ik kan, maar ik heb zo'n moeite om me te concentreren,' klaagde hij.

Lander gooide de bal omhoog en mepte met zijn racket. Opnieuw kon Timo de bal niet terugslaan. Lijdzaam bleef hij kijken hoe de bal van hem wegrolde.

'Hey, hoor je me? Je staat daar zeker al een volle minuut met die racket in je handen zonder dat je er iets mee doet,' sneerde Lander.

'Ik weet niet wat ik heb,' antwoordde Timo gelaten. 'Het is zo warm vandaag. Kunnen we ermee ophouden?'

'Nou, vooruit. Voel je je wel lekker? Je tennist anders nooit zo slecht.'

De bezorgdheid in de ogen van Lander werd Timo bijna te veel. Hoe zou hij ooit kunnen uitleggen waarom hij zich zo beroerd voelde?

' Het gaat wel. Misschien kunnen we vanavond naar de bioscoop of zo?' probeerde hij het goed te maken. Zijn wenkbrauwen gingen hoopvol omhoog.

'Voor mij is dat goed, maar heb je daar zelf wel zin in?' vroeg Lander terwijl hij een flesje water uit zijn sporttas haalde. Hij dronk een slokje.

'Eerlijk gezegd niet,' antwoordde Timo. 'Sorry.'

'Geen probleem. Als er iets is, wil ik altijd naar je luisteren.'

'Hoeft niet, maar toch bedankt.' Timo klonk somber terwijl ze naar de uitgang liepen. Toch waren zijn stappen doelgericht en vastberaden. Hij zou Andolome terugroepen. Ondanks het mogelijke verdriet dat hij zou voelen als hun afscheid alweer fout liep, wilde hij toch even genieten van de opwinding op het moment dat hij Andolome terug zou zien.

'Weet je het zeker?'

'Heel zeker.'

De lucht was van een soort blauw dat je maar heel weinig zag. Er was geen zuchtje wind. Timo keek naar het hooi dat in de zon lag te drogen in het weiland naast het domein van de opgravingen. Het hooi geurde heerlijk. Met zijn panfluit in zijn handen vlijde Timo zich neer in de berm. Zijn handen beefden en zijn hart klopte steeds sneller. Hij was van plan om heel veel informatie van Andolome los te peuteren. Vol verwachting begon hij aan een melodie op zijn panfluit. Dat hij vals speelde en het ritme niet correct kon houden, deerde hem niet. Zolang het spelen op de panfluit resulteerde in de verschijning van Andolome was hij dik tevreden.

Opeens zag Timo hoe het hooi in de wei in een spiraal naar boven werd gezogen. Net zo hoog als de top van de hoogste boom die naast de wei stond. Timo was niet verbaasd dat de contouren van Andolome in de spiraal zichtbaar werden. Eerst waren ze heel wazig, maar na een poosje kon hij Andolome duidelijk herkennen. Na enkele seconden stond hij er echt. De miniwindhoos was voorbij en het hooi bleef weer rustig in de blakende zon liggen.

Enkele tellen later keek Timo Andolome diep in de ogen en voelde hij de vertrouwde kriebel in zijn maag.

'Hoe kan dat nou?' glimlachte hij.

'Gewoon, door een wervelstroom.'

Verbaasd haalde Timo even zijn wenkbrauwen op.

'Een wervelstroom is een verandering in de luchtstroom door

het magnetische veld dat rondom mij hangt. Meestal merk je het niet, maar met dat hooi hier in de buurt kon je er niet naast kijken,' legde Andolome uit.

Aarzelend knikte Timo. Hij wist heel weinig van dergelijke natuurfenomenen. De enige wervelstroom die hij kende was de vloedgolf van gebeurtenissen van de voorbije week die in zijn hoofd ronddwarrelde.

'Zoals die keer met onze buitenverlichting die aan- en uit-flitste? Had dat ook met een magnetisch veld te maken?'

'Je snapt het. Prima zo. Waarom heb je me geroepen?' vroeg Andolome die in kleermakerszit naast Timo plaatsnam.

Moest daar een reden voor zijn? Vrienden probeerden elkaar toch zoveel mogelijk te zien?

'Ik wilde je een en ander vragen.' Timo leunde achterover en strekte zijn benen uit. 'Hoe oud ben je, superheld? Zestien? Zeventien?'

'Moet ik daarop antwoorden? Ik ben geboren in 1556. Reken maar uit hoe oud ik ben.'

Timo voelde zijn wangen gloeien en schudde zijn hoofd heen en weer. Misschien was het veiliger om van onderwerp te veranderen. Anders maakte hij kans dat Andolome weer verdween.

'Kunnen we misschien eens tennissen?'

'Dat zou niet lukken. Door de wervelstromen en het magnetische veld om me heen zou de bal op hol slaan.'

'Kun je dan niet loskomen van dat magnetische veld?'

'Nee. Kijk maar eens naar je horloge.'

Verbaasd merkte Timo dat de cijfers tegen een heel hoog tempo veranderden. Momenteel was zijn horloge niet bruikbaar. Timo floot.

'Kunnen we misschien ergens iets gaan eten? Bij McDonald's of anders gewoon een pizza?'

'Ik eet niet. Voedsel heb ik niet meer nodig. Ik ben een energiemens, weet je nog? Het heeft dus weinig zin om ergens naartoe te gaan om te eten. Jij zou in je eentje moeten bikken.'

Timo grinnikte. Hij schoof wat vooruit om beter het gezicht van Andolome te kunnen zien.

'En nee, ik ga niet met je mee naar een fuif,' zei Andolome.

'Daar heb ik niet naar gevraagd,' lachte Timo.

'Je was het wel van plan.'

'Dat klopt. Hoe kun jij mijn gedachten lezen?' Timo wist zeker dat Andolome recht in zijn hart keek.

'Niet moeilijk. Jij stuurt je gedachten in de ruimte en ik pik ze op.'

Het leek wel logisch, maar was dat ook logisch? Timo ging nog altijd gebukt onder de vele vragen. Alleen was het niet zo simpel om ze allemaal in woorden uit te drukken. Misschien was het waar wat zijn moeder altijd zei en dacht hij te veel over de dingen na. Misschien moest hij gewoon aanvaarden wat op hem afkwam.

Andolome stond op. 'Binnenkort moet ik terug naar waar ik vandaan kom. Dan zul je me een hele tijd niet meer zien,' kondigde hij weer aan. Er klonk iets van spijt in zijn stem.

Timo stond ook op. 'Dat wil ik niet,' antwoordde hij.

Er zat chemie in de lucht. Timo wist zeker dat er iets te gebeuren stond. Langzaam draaide hij zich naar Andolome om.

'Superheld, voel jij dat ook?' Zijn stem was fluweelzacht, als het briesje dat opeens door de toppen van de bomen waaide. Zijn hart klopte zo luid dat hij er zeker van was dat Andolome het kon horen. 'Voel jij ook dit?' Timo pakte de hand van Andolome en legde die op zijn borst. Onder de vingers van Andolome ging het hart van Timo als een razende tekeer, alsof hij net keihard had gerend. Of was het onder invloed van het magnetische veld?

'Ja, dat voel ik,' antwoordde Andolome. 'Voel nu even bij mij.' Hij pakte de hand van Timo en legde die op zijn borstkas. Timo voelde niets. Teleurgesteld keek hij Andolome indringend aan.

'Hoe komt dat?' vroeg hij vlak na enkele tellen. 'Je moet iets voelen. Ik had gehoopt dat je ook iets zou voelen.'

'Ik ben geen mens. Mijn hart klopt al lang niet meer,' antwoordde Andolome met zijn lage stem. 'En dat moet je letterlijk opvatten. Ik heb geen hartslag.'

Timo liet zijn hand zakken, maar verstrengelde zijn vingers met die van Andolome.

'Je mag dat niet verkeerd opvatten. Timo, je betekent echt heel veel voor me. Anders zou ik hier niet zijn. Dat heb ik je al verschillende keren verteld.'

Er kwam een vraag in Timo op die sterker was dan zijn emoties. Alleen zou hij die vraag misschien nooit kunnen stellen omdat het wellicht nooit het goede moment daarvoor zou zijn.

En omdat het antwoord waarschijnlijk gewoon zou oplossen in geheimzinnigheid.

Waarom?

Waarom had Andolome hem uitgezocht? Waarom was hij gekomen om hem te redden? Bijna zeker dat Andolome niet zou willen antwoorden op de vraag waarom. Misschien was er zelfs geen antwoord op die vraag.

'Als ik bij jou ben, is het alsof de rest van de wereld niet meer bestaat,' fluisterde Timo. 'Het liefst zou ik voor altijd bij je blijven.' Hij voelde zich zo aangetrokken tot zijn superheld dat hij niet meer helder kon denken.

'Je weet dat dit niet kan,' klonk het nuchter.

Natuurlijk wist Timo dat. Het was ook niet zijn bedoeling om aan Andolome te klitten. Alleen was het zo dat zijn gevoelens voor Andolome heel intens waren. Bijna maakten ze hem bang.

Timo zag de schaduwen van bewegende boomtakken op het gezicht van Andolome. Even twijfelde hij nog. Daarna kwam hij zonder een woord te zeggen steeds dichter bij Andolome, nam hem in zijn armen en drukte een zoen op zijn lippen. Hij zorgde ervoor dat zijn lichaam heel zachtjes tegen dat van zijn superheld aan drukte.

Opeens begreep hij waarom zijn hart zo snel klopte. Op korte tijd was hij verliefd geworden op Andolome. En het enige wat hij wilde was daar voor altijd blijven staan.

Toen gaf hij Andolome een tweede zoen. Timo was er nog meer ondersteboven van. Zijn ademhaling ging sneller. Andolome trok Timo wat dichter tegen zich aan. De volgende kus was lang en overweldigend. Dit had Timo nog nooit meegemaakt. Andolome maakte gevoelens bij hem los waarvan hij zelfs niet eens wist dat hij die kon hebben.

Ergens hinnikte een paard. Dat bracht hen terug naar de werkelijkheid. Zachtjes maakte Andolome zich van hem los.

'Dit mag nooit meer gebeuren,' stamelde hij.

'Waarom niet?' vroeg Timo verbaasd. Het antwoord kwam gelijk.

'Omdat ik geen mens ben en er dus geen toekomst voor ons is.'

'Die is er wel. En waag het niet om nu te verdwijnen.' Angstig pakte Timo de arm van Andolome vast en kneep er heel hard in. Hij zou hem vasthouden en nooit meer loslaten. Opeens leek de grond onder de voeten van Timo te zweven. Tot zijn afgrijzen merkte hij dat hij in zachte donspluimen aan het knijpen was. Hij kon wel gillen. Andolome was weg.

Toen Timo terug in zijn kamer was, brandden zijn ogen. Hij maakte snuivende geluiden en knarste met de tanden. Nu wist hij zeker wat hij voelde voor Andolome. Alleen was hij wel heel hard van zichzelf geschrokken. Hij had nooit gedacht dat hij zulke gevoelens voor een jongen zou hebben. En als het waar was wat Andolome beweerde, was hij niet eens een jongen. Hij was eerder een engel.

Timo ging op zijn bed liggen en griste het boek met streeklegendes van zijn nachtkastje. Somber rolde hij op zijn rug en zocht de pagina met de legende over de jongen die tijdens de oorlog langs de frontlijn liep en gewonde soldaten in veiligheid bracht. Dat was ongetwijfeld Andolome. Zou hij ooit hoogte van hem kunnen krijgen?

Plotseling flitste er iets krachtigs in Timo's ogen. Het was uniek om zo'n speciale vriend te hebben. Daar was hij zelfs trots op. Alleen vermengde die trots zich met de hartenpijn die altijd maar weer de kop opstak. Andolome was geen mens. Dat was nu wel meer dan duidelijk. Bijgevolg konden ze niet alles doen wat hij anders met Lander deed. Eerlijk gezegd verkoos Timo een mensenjongen als vriend. De verschillen tussen Andolome en hem waren ontzettend groot. Misschien te groot. En toch had Andolome hem gekozen. Nee, voor hem gekozen. Hij had hem gered en al heel vaak opgezocht. Dat moest toch ook iets betekenen? Voelde Andolome iets voor hem?

Na een poosje voelde Timo zijn hart heel warm worden. Was dat gevoel het antwoord?

'Hey, Timo, zou je niet met Lander gaan tennissen?' vroeg mama die in de deuropening bleef staan. Hij had haar niet horen naar boven komen.

'We zijn al terug,' antwoordde hij. 'Lander kon niet lang blijven.' De leugen bezorgde hem een kleine steek in zijn hart. Dat was geen leugen om bestwil, maar een echte leugen. Hij hield er niet van om op die manier tegen zijn moeder te liegen.

'Jammer dat je niet naar buiten gaat. Het is zo'n heerlijk weer. Speel je nog panfluit? Ik heb je al een hele tijd niet meer gehoord.'

'Natuurlijk speel ik nog.' Er kwam nog meer warmte in zijn stem. 'Alleen lukt het me niet altijd zo goed.' Het lukte ook niet goed om Andolome lang te laten blijven, maar dat kon hij niet aan zijn moeder vertellen.

'Ga op het terras zitten en oefen daar nog wat. Dan geniet je tenminste van de buitenlucht.'

Op het terras? Daar zou Andolome zich zeker niet laten zien met zijn moeder in de buurt.

Toen gaf zijn mobiel het overbekende signaal. De stem van Lieze versplinterde zijn dagdroom over Andolome. Iets over naast elkaar zitten op de bus tijdens de excursie naar Han.

'Hey, Timo, luister je wel? Dan kunnen we lekker bijpraten,' stelde ze voor. Hij wilde helemaal niet praten. Nadenken wilde hij. Fantaseren. Kon hij maar een eigen plekje vinden waar iedereen hem met rust zou laten. Het telefoontje van Lieze kwam duidelijk op het verkeerde moment. Dat durfde hij natuurlijk niet aan haar te bekennen.

'Dat is goed voor mij,' was zijn antwoord.

'Voel je je wel lekker? Je stem is zo dof.'

Dat had ze goed gemerkt. Zijn stemming was weer helemaal omgeslagen. Hij voelde zich plots overstuur.

'Er is niets,' probeerde hij met een neutrale stem. Kon hij Lieze wel vertrouwen? Hoe stond zij tegenover buitenaardse wezens? Zou zij ooit snappen dat hij nu alleen met Andolome wilde praten en dat hij daar alles voor overhad?

Bijna radeloos fietste Timo met zijn panfluit in zijn handen terug naar het domein van de opgravingen. Hij gooide zijn fiets in de graskant en begon verwoed op de fluit te spelen Nauwlettend hield hij het hooi in de gaten. Er gebeurde niets. Timo kon wel huilen. Waarom kwam Andolome niet? Wilde hij hem niet meer zien? Ze waren toch dikke vrienden? Wat had hij fout gedaan? Met een snelle beweging veegde hij zijn neus aan zijn arm en speelde verder. Andolome liet zich nog steeds niet zien. Na twintig minuten gaf Timo het op. Hij ging op zijn rug liggen en bedekte zijn ogen met zijn linkerhand. In gedachten beleefde hij de zoenen van Andolome opnieuw. Voor hem waren dat geen simpele zoenen geweest. Natuurlijk had hij meisjes vroeger over zoenen horen praten, maar hij had nooit vermoed dat de mond van een jongen zo heerlijk zou zijn. Wat hij bij die herinneringen voelde, was zo nieuw voor hem. Hij wist niet wat hij met deze gevoelens aan moest. De hele dag mijmerde hij hierover verder.

De volgende nacht schrok Timo wakker en ging rechtop zitten. Had hij gedroomd? Zijn ogen schoten de kamer rond op zoek naar Andolome. Hij was er niet. Natuurlijk niet. Waarom zou hij nu komen? Hoeveel keren had hij nu al zonder succes op zijn panfluit gespeeld? Timo knipperde met zijn ogen en langzaam voelde hij zichzelf tegen het hoofdkussen aan zakken. Zijn ogen werden vochtig. Alles binnen in hem protesteerde. Waarom kon Andolome niet een gewone jongen zijn? Waarom konden ze niet aan een normale vriendschap bouwen? Hij kon geen antwoord vinden.

Op zijn wekkerradio verstreek de tijd gestaag. Toen begon een waarheid tot Timo door te dringen die alle andere gedachten overheerste. Andolome liet zich niet meer zien opdat Timo aan zijn afwezigheid zou wennen. Hij zou Timo voor heel lang verlaten. En dat besef deed Timo verschrikkelijk veel pijn. Hij moest proberen om daaraan iets te doen. Voor het te laat was, moest hij een manier vinden om Andolome hier te houden.

De volgende week leken de lessen eindeloos. Niets kon Timo boeien. Nergens had hij zin in.

'Vertel me wat er aan de hand is,' drong Lieze aan.

'Ik kan het niet,' fluisterde hij.

Het meisje keek heel bezorgd.

'Het komt wel goed,' voegde hij eraan toe terwijl hij naar haar smalle gezicht keek.

Na schooltijd fietste hij eerst doelloos rond in het dorp. Daarna fietste hij op kleine wegen voorbij akkers en weilanden. In de verte baadden verschillende hoeven in de zon. Opeens zag Timo in de graskant een grote pluim die schuin in het gras vast-zat. Een halve meter verder zag hij een tweede pluim. En een derde. Hoe verder hij fietste hoe meer pluimen hij zag. Ze wezen allemaal met de top in dezelfde richting. Andolome wil me ergens ontmoeten, dacht hij. Met die pluimen laat hij me de weg zien die ik moet volgen.

Na vijf minuten moest Timo door een weide. Hij zette zijn fiets tegen een boom en kroop onder het prikkeldraad. De spoor-weg liep aan de andere kant van de weide. Een trein spoorde voor-bij het verlaten gebied.

'Andolome kon niet komen,' hoorde Timo achter zich. Ge-schrokken draaide Timo zich om.

Daar stond een vreemdeling. Wat wist die vreemde man over Andolome? Timo merkte dat zijn ogen glazig stonden. En hij praatte met een metaalachtige stem.

Net een robot, dacht Timo. Ineens besefte hij dat de pluimen aan de kant van de weg een list geweest waren. Andolome kondigde zich niet met pluimen aan, wel met muziek.

'Je weet dat Andolome een meisje heeft?' vroeg de man. 'Hij houdt verschrikkelijk veel van haar.'

Zonder na te denken stortte Timo zich jaloers op de lugubere man. Na enkele seconden waren ze in een wilde vechtpartij verwikkeld. Timo kreeg vuistslagen en klappen over zijn hele lichaam. Verwoed probeerde hij er evenveel terug te geven, maar zijn tegenstander was veel sterker. Zo goed als hij kon beschermde Timo zijn hoofd. Hij proefde bloed en er was ook iets met zijn oog. Ineens werd Timo achterovergetrokken en viel hij op de grond. Toen pas merkte hij dat Andolome zijn plaats in het gevecht ingenomen had. Timo schoof nog meer achteruit, want hij was bang van het geknetter dat tussen Andolome en die vreemde ontstond. Het leek wel kortsluiting. De gensters vlogen in het rond. Af en toe verschenen kleine vlammetjes die spontaan weer doofden. Het ging allemaal razendsnel. Wanhopig keek Timo om zich heen. Zijn keel was droog en zijn huid voelde helemaal niet prettig. Elke spier in zijn lichaam stond gespannen. Doodsbenauwd was hij. Het zag ernaar uit dat Andolome zou verliezen. Dat was alsof hij een stuk van zichzelf verloor. Bijna de hele tijd lag Andolome letterlijk onder de vreemde man. Was er hier misschien een tak of een steen te vinden waarmee hij Andolome kon helpen?

Hoe het kon, snapte Timo niet, maar opeens was het gevecht voorbij. Andolome stond op. Aan zijn voeten lagen heel wat metalen plaatjes, vijsjes en bouten. Huilend vloog Timo in de armen van Andolome.

'Ik ben zo blij om jou terug te zien,' snikte hij.

'Dat ben ik ook,' antwoordde Andolome die Timo van zich losmaakte. 'Het lijkt erop dat ik je telkens weer moet komen redden.'

'Bedankt daarvoor. Zeg, waar is die vreemde naartoe?' Timo voelde aan zijn oog dat aan het zwellen was. Het deed pijn en zijn neus bloedde.

'Ik heb hem ontmanteld.'

'Wat?' vroeg Timo ontzet.

'Dat was een robot, Timo. Een robot in mensengedaante.'

Hij had dus goed gedacht. 'Daarom liggen die metalen dingen hier,' wees Timo naar de grond. 'Net zoals die keer met die vuurbol.'

'Klopt, ja.'

'Wat doet die robot hier?'

'Hij wilde je lokken om je lichaam in te palmen.'

'Wat?' vroeg Timo voor de tweede keer. Dat was pas beangstigend.

'Dat was een robot met slechte bedoelingen, maar maak je geen zorgen. Ze zijn niet allemaal zo. Robots worden soms op een positieve manier ingezet om de mensen te helpen.'

'Deze robot was duidelijk niet van plan om me ergens mee te helpen. Integendeel. Hij was verschrikkelijk gevaarlijk.' Timo voelde een steek in zijn hart. Hij mocht niet denken aan wat had kunnen gebeuren.

'Je hebt gelijk. Robots kunnen een gevaar voor de mensheid betekenen.'

'Wat bedoel je?' fluisterde hij. Was er dan nog meer aan de hand?

' Deze robot was geprogrammeerd om zeggenschap over jou te krijgen. En waarschijnlijk ook over anderen. Als het de robots lukt om op grote schaal mensen in te palmen, zullen ze de baas worden op aarde. Dat betekent de ondergang van de mensheid.'

'Hoe kan dat nou? De wetenschap zal dat toch niet toelaten? Het zijn toch wetenschappers die de robots gecreëerd hebben?' Zenuwachtig schraapte hij zijn keel. 'Robots zijn toch niet meer dan machines?'

'Robots zijn niet meer dan machines. Computergestuurde machines. En ze werken volledig automatisch. Bedenk wel, Timo, dat deze vorm van automatisering compleet uit de hand gelopen is. Je hebt het zelf gemerkt.'

Timo trok wit weg en Andolome zweeg even.

'Het is goed dat bepaalde robots bestaan. Echt waar,' probeerde Andolome de schok weer wat te verzachten. 'Ze kunnen uitstekend werk verrichten, want robots zijn bijzonder handig en kunnen ook heel slim zijn.'

'Waarom had die robot mij nodig?' vroeg Timo terwijl hij nog wat meer ineenkromp. Hij werd gewoon misselijk van de gedachte.

'Je bent een gemakkelijk slachtoffer omdat je veel met mij omgaat. Net zoals ik kunnen robots moeiteloos je gedachten oppikken. Je bent intussen gewoon aan magnetische velden en wervelstromen en dat speelt in hun voordeel.'

'Mocht het hem gelukt zijn, zou ik dan dood geweest zijn?' Timo had moeite om de juiste woorden te vinden. Wat een nachtmerrie.

'Nee, je ouders zouden het wellicht nooit geweten hebben. Men zou het op het eerste gezicht niet aan jou kunnen gezien hebben. Alleen zou je zo hard als staal geworden zijn. Je zou gehersenspoeld en geprogrammeerd worden om bevelen van die robots uit te voeren. Momenteel heb je daarvoor de ideale leeftijd.

Je ouders zouden je gedrag puberaal genoemd hebben of toege-
schreven hebben aan je intelligentie.'

Lange tijd zei Timo niets. Hij wachtte af en keek Andolome
aan. Wat nu? Zijn leven, nee, zijn lichaam, stond blijkbaar op het
spel. Wat kon hij daaraan doen? Timo was doodsbang. Het was
een wonder dat de ontmoeting met die robot goed afgelopen was.
Wat zouden zijn ouders hiervan zeggen? Dan schudde hij het
hoofd. Hij kon het hen niet vertellen. Momenteel was hij op een
punt beland waarop hij moest doen alsof alles goed met hem
ging, omdat iedereen anders gek zou worden van angst. Hij zou
zijn hoofd in het zand moeten steken.

'Wie zit hierachter? Wie programmeert?' In zijn stem klonken
ergernis en frustratie door.

'Creaturen zoals ik, maar van een soort met slechte bedoelingen.'

Langzaam knikte Timo. Hij besefte dat hier hogere krachten
in het spel moesten zijn.

'Ben je ook een robot, Andolome?' vroeg hij terwijl hij een
zwakke glimlach produceerde.

'Nee, vriend, ik heb het je al verschillende keren verteld. Ik
ben pure energie. Vergelijk me met elektriciteit.'

'Kun je me altijd en overal komen redden, Andolome?' vroeg Timo. Hij moest over zijn angst praten. Enorm veel tijd zou hij nodig hebben om die te verwerken.

'Nee. Niet uit het water. Elektriciteit en water gaan moeilijk samen. Het is me nog nooit gelukt om iemand uit het water te redden. Als je aan het verdrinken bent, zal ik je moeten laten verdrinken. Luister, Timo. Kijk goed uit met wat je doet en met wie je omgaat als ik er niet ben. Ik vind het prettig als ik weet dat je veilig bent.'

Timo's mond viel open. Blijkbaar maakte Andolome zich ook zorgen. De angst die hij zelf voelde, was terecht. Timo haalde gehaast adem terwijl hij zijn hand op zijn mond legde.

'Je mag niet vertrekken, superheld. Ik wil dat je blijft. Anders zullen er zeker nare dingen met me gebeuren.'

'Mijn krachten verminderen, wonderboy.' Timo huiverde. En toch genoot hij van het troetelnaampje. 'Ik moet vertrekken voordat het me niet meer lukt. Dat moet je toch snappen.'

'Ik snap het niet.' Timo klemde zijn kaken op elkaar en probeerde sterk te blijven. Uiteindelijk liet hij zijn hoofd hangen. Twee tranen vielen op zijn schoenen.

'Mijn menselijke energie is bijna op. Als ik niet ga, sterf ik zoals de andere mensen en kan ik niet meer terugkeren om anderen te helpen.'

Verdrietig schudde Timo nee met zijn hoofd.

'Kom nou, Timo, je bent slim genoeg om dat te vatten. Iedereen heeft een zekere hoeveelheid energie. Jij ook. Akkoord? Als je sterft, verdwijnt ze niet. Ik heb mijn energie gebruikt om met tussenpauzen naar de aarde terug te keren en mensen te helpen. Af en toe moet ik terug om nieuwe energie op te halen. Zo eenvoudig is dat.'

Dat was helemaal niet eenvoudig.

'Beloof me dat je afscheid van me zult nemen als je gaat.'

Andolome keek weg en Timo zuchtte.

'Heb je een meisje, Andolome? In die andere wereld?' De frustratie die Timo in zijn eigen stem hoorde, vond hij vreselijk. Maar hij vond het ook vreselijk dat Andolome zijn vragen niet wilde beantwoorden of rond de pot bleef draaien. De tijd verstreek en er was nog zoveel dat Timo wilde vragen.

'Nee.'

Timo keek opgelucht. Die robot had dus gelogen.

'Of een jongen?' Zijn stem was krachtig, maar zijn ogen waren vertroebeld.

'Je maakt verkeerde veronderstellingen, Timo. Ik ben nooit lang genoeg bij iemand geweest om verliefd te worden en een relatie uit te bouwen.'

Even hield Timo zijn adem in. Zou Andolome nog meer vertellen? Over hun relatie bijvoorbeeld? Over hun vriendschap?

'Je bent echt heel belangrijk voor me.' Alweer had Timo het gevoel dat Andolome recht in zijn hart keek. Ook al beantwoordde hij niet alle vragen, soms gaf hij een antwoord op een vraag die niet hardop gesteld was.

'Tot gauw, lieve vriend.' Andolome nam Timo bij zijn bovenarmen vast, trok hem dichterbij en zoende hem op zijn voorhoofd.

Timo probeerde Andolome op zijn mond te kussen, maar hij draaide zich weg. De zoen kwam op zijn wang terecht.

'We zoenen voortaan als vrienden, Timo. Niet als minnaars.'

'Waarom niet?' vroeg Timo met een prop in zijn keel.

'We zijn geen minnaars. En denk eraan dat je je niet aan mij hecht. Je moet me loslaten.'

Andolome was al aan het vervagen. Na enkele tellen was hij weg. Timo zocht alle pluimen bijeen. Tranen welden op. Na een poosje veranderden zijn tranen in snikken met grote uithalen.

'Wat heb jij uitgespookt?' vroeg mama geschrokken toen Timo thuiskwam. 'Je hebt een blauw oog en het zit helemaal dicht. Bloedt je neus?'

Zuchtend ging Timo aan de keukentafel zitten. Hij drukte een zakdoekje tegen zijn neus.

'Heb je om een meisje gevochten?' vroeg mama terwijl ze papa uit zijn spreekkamer ging halen. Timo hoefde niet te antwoorden, want mama luisterde al niet meer. Twee minuten later kwamen zijn ouders de keuken binnen.

'Dat ziet er ernstig uit. Kom mee naar mijn spreekkamer,' stelde papa voor.

Timo volgde zijn vader. Gedwee onderging hij de vaardige bewegingen van de verzorgende handen van papa.

'Mama zegt dat je om een meisje gevochten hebt,' begon papa.

'Dat heb ik niet gezegd. Mama veronderstelt dat.'

'Nee? Waarom veronderstelt mama dat dan?'

Met een snelle beweging haalde Timo zijn schouders op.

'Waarom heb je gevochten?' drong papa aan.

'Wat zou je denken als ik je zou vertellen dat ik om een jongen gevochten heb?' Hij balde zijn hand tot een vuist.

'Dat moet kunnen, vrienden onder elkaar vechten ook al eens. Alhoewel dit een stevige knokpartij moet geweest zijn.' Timo zag in een flits iets van droefheid in de ogen van zijn vader.

'Je hebt het fout, papa. Echt, ik denk dat ik verliefd ben op een jongen.'

Afwachtend keek hij papa aan. Het bleef een poosje stil. Had papa het hier moeilijk mee?

'Dat kan,' antwoordde papa na enkele tellen. 'De tijd zal het uitwijzen. Je bent heel jong nog om dat nu al zeker te weten. Te jong, denk ik. Wacht nog maar even af voordat je het aan anderen vertelt totdat je het honderd percent zeker weet. En zeg eens, waarom heb je gevochten? Toch geen kwestie van homohaat?'

Papa bleef maar doordrammen. Timo kon de vraag niet langer ontwijken.

'Nee, er was iemand die vertelde dat mijn jongen een meisje heeft.' Hij liet zijn hoofd hangen en beet op zijn lip.

'En is dat zo?'

'Natuurlijk niet.' Zijn ogen glommen.

'En daarom moest je de eer van die jongen verdedigen. Wie is hij trouwens? Lander?'

'Nee.'

'Ken ik hem?'

'Niet echt. Ik vertel later wel over hem.' Eerst moest hij zijn gedachten op een rijtje zetten. Hij snapte wel dat het niet geloofwaardig zou overkomen mocht hij nu over robots beginnen. En hij wilde vooral zijn ouders niet ongerust maken.

Timo wipte uit zijn bed, ging naar de badkamer en liet koud water over zijn polsen lopen. Er was iets met hem. Hij had het zo warm, zo heet en hij leek één kluwen zenuwen. Die vreemde gewaarwording klom weer uit de diepte van zijn lichaam omhoog. Was dat een kenmerk van verliefdheid? Was hij daarom zo gespannen? Met zijn handen maakte hij een kommetje en hij goot water in zijn gezicht. Heel even dacht hij dat hij de panfluit hoorde, maar dat kon toch niet. Het was midden in de nacht. Hij zuchtte toen hij merkte dat zijn horloge twee uur verkeerd stond. Nu kon dat niet door een of ander magnetisch veld komen. Waarschijnlijk was zijn horloge stuk. Morgen zou hij het laten herstellen.

Nog altijd onrustig keerde hij terug naar zijn kamer. Verbaasd bleef hij in de deuropening staan. Zijn bureaulamp knetterde en er viel een boek uit zijn boekenrek. En zacht gezoem vertelde dat zijn laptop ongevraagd begon op te starten. Timo schrok niet eens toen hij Andolome op zijn bed zag liggen.

'Toch een magnetisch veld,' stelde Timo vast. 'Heerlijk dat je er bent,' riep hij uit en plofte naast Andolome neer. Superheld nam hem in zijn armen en trok hem dicht tegen zich aan.

'Ik kom naar je kijken om te weten hoe je het maakt,' zei Andolome met zwoele stem.

'Goed, in aanmerking genomen dat ik het tegen buitenaardse krachten heb opgenomen. Ben je niet meer bang dat ik me aan je zal hechten? '

'Natuurlijk wel. Echt, je mag het niet doen, Timo. Ik ben een voorbijganger in je leven.'

'Je bent veel meer dan dat. Ik ben verliefd op je, Andolome.'

Andolome antwoordde met een zoen op zijn voorhoofd.

'Dat weet ik en daar maak ik me zorgen over. Ik denk dat je gewoon verliefd bent op zuiderse looks. Je bent ook verliefd op Amelia, weet je nog?'

Timo schudde zijn hoofd.

'Niet waar. Sinds ik je ken, heb ik geen seconde meer aan haar gedacht. En aan jou denk ik de hele tijd. Het houdt werkelijk niet op. Ik kan me niet meer concentreren op iets anders.'

'Je bent nog op zoek, Timo. En je bent verliefd op het onbereikbare.'

'Dat is niet waar. Ik zou werkelijk alles voor je doen, superheld.'

'Dan heb ik een verzoek. Als ik weg ben, moet je verdergaan met je leven. Je moet mij vergeten.'

'Dat kan ik niet.'

Plotseling drukte Timo zijn lippen op die van Andolome. Ze waren hemels.

Andolome grinnikte.

'Wat scheelt er?'

'Je kust iets als elektriciteit en je vindt het nog prettig ook.'

'Ik vind het zalig.'

Genietend bleven ze een tijdje in elkaars armen liggen.

'Ik heb ook een verzoek, superheld. Als ik probeer te doen wat jij van me vraagt, moet daar iets tegenover staan.'

'Ik luister, wonderboy,' antwoordde Andolome terwijl hij zachtjes met de rug van zijn hand over de wang van Timo streelde.

'Laat me je bewonderen. Laat me even naar je kijken.'

'Dat doe je toch al.'

'Meer. Ik wil meer van je zien.'

Ze keken elkaar diep in de ogen. Doelbewust begon Timo de knoopjes van het witte hemd van Andolome los te maken. Zijn borst was stevig gespierd. Timo streelde zijn bruine huid. Daarna liet hij zijn hand verdwalen naar de knoop van de broek van Andolome.

'Nee, je gaat niet verder,' bromde hij. 'Toe nou.' Met zijn hand pakte hij de pols van Timo stevig beet en trok hem weg.

'Waarom niet?' De woorden bestierven op zijn lippen. Armen sloten zich om hem heen en trokken hem dichterbij.

'We houden het platonisch. Dat is de zuiverste vorm van liefde.'

'Waarom dan toch? We hebben zo weinig tijd. Ik zal je in jaren niet meer terugzien. Het is nu of nooit.' De omhelzing werd strakker. Na een halve minuut ontspande Timo zich.

'Ik ben niet eens een mens, Timo.' Aandachtig bekeek Timo zijn superheld. Zijn blik liet verslagenheid zien. En diep in zijn hart wist hij dat hij hierin niet kon berusten.

'Wat doet dat er nou toe? Ik hou van je.'

'Je bent heel jong nog. Je moet anderen leren kennen. Jongens en meisjes. Vooral meisjes. Je moet nog uitzoeken hoe het zit met je geaardheid. Als ik terugkom, wil ik je zien in een stevige relatie. Voor mij zal dat het bewijs zijn dat je het goed gehad hebt in mijn afwezigheid.'

'Ik denk niet eens aan een relatie met iemand anders,' snauwde Timo.

'Misschien komt dat nog. Ik hoop het echt.'

'Het is valse hoop. Ik wil met jou verder.'

'Dat kan niet. Luister, Timo. Ik heb sowieso te veel verleden.

Jij bent zo jong nog. Je hebt nog geen tijd gehad om een verleden te creëren. Je hebt alleen een toekomst. Echt. We zijn heel verschillend, Timo. Dat weet jij ook. En nog iets. Ik ben te oud voor je. Vergeet niet dat ik eeuwenoud ben. Jij moet leven in alle betekenissen van het woord, nieuwe mensen leren kennen, dingen ontdekken. Genieten.'

Het bleef heel lang stil. Timo merkte dat Andolome zelfs niet moest ademhalen. Het verschil tussen hen beiden was inderdaad immens.

'Je wilt me dus niet?'

'Toch wel, Timo. Je bent heel belangrijk voor me. Je betekent echt heel veel voor me, maar ik heb je niets te bieden. Helaas. Ik kom uit een totaal andere wereld.'

'Dat vind ik niet erg. Gewoon samen kunnen zijn is voor mij al genoeg.'

'Eerlijk gezegd ben ik nu gekomen om afscheid van je te nemen. Voor heel lang.' Zijn woorden kwamen langzaam en voorzichtig. 'Dat wilde ik doen op de gebruikelijke mensenmanier. Ik zou het niet leuk vinden mocht je naar me blijven zoeken terwijl ik echt niet meer kan komen.' De keel van Timo kneep samen. Hij wachtte totdat hij weer kon spreken.

'Ik wil geen afscheid nemen. Je moet blijven. We zijn toch vrienden?' vroeg Timo lichtjes in paniek.

'Natuurlijk zijn we vrienden. Dat blijven we ook.'

'Blijf dan,' smeekte hij. Zijn schouders zakten een paar centimeters en zijn gezicht verloor alle kracht.

'Ik kan echt niet. Je weet dat ik terugkom. Later.'

'Hoe zal ik weten wanneer?' Zijn blik kruiste die van Andolome. Timo voelde zich bijzonder klein, hoe zelfverzekerd hij anders ook was.

Andolome zuchtte en zweeg een hele tijd.

'Kom nou, dat moet je me vertellen. Je kunt me niet zomaar hier achterlaten. Ik word hoorndol als ik niet weet wanneer je terugkomt.' Timo wilde niet huilen, maar opeens lekten de tranen zomaar uit zijn ogen.

'Goed. Morgen zal ik je vertellen hoe je het kunt weten. Kom na schooltijd naar de schuilkelder.'

'De schuilkelder? Daar mag niemand komen. De archeologen hebben alles afgebakend. Het is er ook niet veilig.' Timo sloot zijn ogen en knipperde zijn tranen weg. Een reeks snikken verzamelde zich in zijn keel.

'Kom naar de schuilkelder. Je zult er veilig zijn.'

'Ik wil niet nog eens brokstukken op mijn hoofd krijgen. Kunnen we niet ergens anders afspreken?' De woorden dwarrelden wazig door elkaar heen.

'Sht,' fluisterde Andolome. Zijn stem klonk bezwerend. Timo viel in slaap.

's Morgens vond hij naast zich op zijn hoofdkussen een klein wit donzig pluimpje.

'Timo, hoe kom je aan dat blauwe oog?' vroeg Lieze bezorgd. Ze stonden samen op het schoolplein op Lander te wachten.

'Ik heb gevochten. Het komt wel goed,' troostte hij haar. Waarom was zij altijd zo overbezorgd?

'Met wie heb je gevochten?'

'Dat wil je niet weten.'

'Dat wil ik wel. Waarom zou ik het niet willen?'

Timo grinnikte.

'Is het om een meisje? Is het om Amelia?'

Was Lieze jaloers? Had ze misschien kriebels voor hem? Hopelijk haalde ze zich niets in haar hoofd. Lieze was een leuk meisje, maar daar bleef het bij. Mocht ze haar haren voor de verandering eens op een andere manier dragen en eindelijk afstappen van dat saaie kapsel, zou hij haar misschien aantrekkelijk kunnen vinden, maar zelfs dan niet meer dan dat. Hij voelde niet voor haar wat hij voor Andolome voelde.

'Met Amelia heb ik niets te maken, geloof me.'

'Nochtans was je een tijdje geleden helemaal ondersteboven van haar.'

'Dat was vroeger. Nu is alles anders.'

'Dus je hebt iemand anders.'

'Nee, ik heb niemand anders. Ik heb sinds kort een heel goede vriend, maar hij vertrekt. Ik zal hem heel lang niet meer zien.'

'Je hebt me nog nooit iets verteld over die goede vriend,' klonk ze bits. 'Wie is hij?'

'Je kent hem niet.' Wat deed het pijn dat hij Andolome na schooltijd voorlopig voor de laatste keer zou zien. Voorlopig? Hij was zo bang dat hij nooit meer terug zou komen.

'Je hebt me nog altijd niet verteld waarom je gevochten hebt.'

'Nee, wijsneus. Hé, zeg. Zou je me geloven als ik zou vertellen dat ik met een robot gevochten heb?'

'Met de keukenrobot van je moeder waarschijnlijk? Heb je moeten koken? Ik kan me niet voorstellen dat jij zou koken. Het moet wel heel verkeerd gelopen zijn als je op die manier aan dat blauwe oog komt. Daar geloof ik niets van. Kom nou, doe eens normaal.'

Dat deed hij toch? En ook, wie kon vertellen wat normaal was? De hele toestand waarin hij zich bevond was een grote verschrikking.

'Hey, Lander, gaan we naar binnen?' riep Timo die Lander plots zag. Hij was blij dat hij een einde aan het gesprek met Lieze kon maken.

Andolome stond al voor de schuilkelder te wachten. Toen Timo bij hem kwam, legde hij zijn handen op zijn schouders en zoende hem op zijn voorhoofd. Timo kreeg tranen in de ogen. Alles in hem schreeuwde dat hij geen afscheid wilde nemen.

'Blijf bij me,' smeekte hij opnieuw.

Langzaam schudde Andolome nee. Superheld pakte de hand van Timo en leidde hem naar de schuilkelder. Een na een daalden ze de trap af. De schuilkelder was helder verlicht. Heel vreemd, het licht kwam uit de vlammen waarin het beeld stond.

'Het beeld zal je vertellen wanneer ik zal komen. Dat zal bij het begin van de volgende zonnecyclus zijn. Dus ongeveer over tien jaar. De ene keer doet de zon langer over haar cyclus dan de andere keer. Daarom kan ik je geen exacte datum geven. Ongeveer over tien jaar zullen de vlammen weer oplichten. Als de periode bijna volledig verstreken zal zijn en het nog minder dan een jaar zal duren, dan zullen de streepjes op haar kroon aanwijzen over hoeveel maanden ik zal komen. Vier verlichte streepjes bijvoorbeeld staan voor vier maanden.'

'Moet ik dan regelmatig naar het beeld komen kijken om na te gaan of de vlammen al oplichten?' durfde Timo eindelijk te vragen. Hij was bijzonder onder de indruk van de situatie.

'Nee, ik zal je naar de schuilkelder lokken met muziek. Beloofd.'

Wat was er met Andolome? Hij bleef indringend naar het beeld staren. Met zijn rechterhand streelde hij het gezicht van de dame. Opeens zoende hij haar. Eerst op haar voorhoofd en daarna heel zacht naast haar mond. Jaloersheid stak bij Timo de kop op.

'Wie is zij?' Was zij het meisje over wie de robot verteld had?

'Ze is iemand van wie ik heel veel hou.' Timo kon wel gillen. Als hij het niet gevreesd had. Ze was zijn geliefde. Waarschijnlijk in alle betekenissen van het woord.

'Haar naam is Rinkelbel,' vertelde Andolome verder. 'Heel lang geleden rinkelde ze met een bel om de slaven op de plantage te verwittigen als er gevaar dreigde. Daarna roffelde ze op de djembe.' Hij wees met zijn hand naar de djembe die naast de ladder stond. 'Niet deze, maar een echte natuurlijk. Het lawaai dat Rinkelbel maakte kon je kilometers verder horen.'

'En voor haar ga je terug naar je eigen wereld.'

'Voor haar. En ook om energie te halen zodat ik weer mensen kan helpen. Ik heb het je al verschillende keren uitgelegd.'

Tot zijn grote afschuw merkte Timo dat Andolome Rinkelbel bleef strelen. Zijn rechterhand dwaalde van haar linkerschouder naar beneden over haar arm en terug naar boven. En hij zoende haar nog een keer op haar voorhoofd. Nog nooit had hij Timo op die manier gestreeld.

'Ze roept me, Timo. Ze zegt dat ik dringend moet terugkeren.'

'Ik roep jou ook,' snauwde de jongen. 'Je moet bij me blijven om me te beschermen tegen robots en ander vreemd gespuis.'

'Rustig, wonderboy, je hoeft niet jaloers te doen.'

'Zij is je meisje. Daarom wil je me niet.'

'Je hebt het verkeerd voor. Ik wil je wel, als allerbeste vriend. Dat heb ik je al uitgelegd. Natuurlijk voel ik ook heel veel voor haar. Rinkelbel is mijn moeder. Vergeet dat niet. Je houdt toch ook van je moeder?'

Geschrokken en een tikkeltje beschaamd bleef Timo roerloos staan. Natuurlijk hield hij ontzettend veel van zijn moeder. Hij hield van allebei zijn ouders.

'Momenteel is zij mijn communicatiekanaal met mijn eigen wereld. Als ik op aarde ben, geeft ze me boodschappen door. En op die manier beschermt ze me zo goed ze kan. Samen hebben we al heel wat meegemaakt. Ik heb haar op de brandstapel gezien. Kun je je voorstellen hoe het aanvoelt om je moeder op de brandstapel te zien?'

Dat kon Timo niet. Daar waren echt geen woorden voor. Mama stond elke dag voor hem klaar. Ze was er altijd. Er mocht niets met haar gebeuren.

'Ik heb dit beeld van haar gemaakt. Het heeft me heel wat moeite gekost om het materiaal hierheen te krijgen. Kijk wat de sculptuur voorstelt,' zei hij trots. 'De schelp van Venus vertelt hoe we overzee naar het vasteland gekomen zijn. De vlammen verwijzen naar de brandstapel. Rinkelbel werkte hier als verpleegster tijdens de Eerste Wereldoorlog. Misschien weet je wel dat deze schuilkelder heel dicht bij het front van toen ligt.'

De legende was een waargebeurd verhaal. Heel even beet Timo op zijn onderlip.

'Waarom is haar oor afgesneden?'

'Op die manier waarschuwde ik voor de gruwel van de Tweede Wereldoorlog. Weet je dat tijdens die oorlog hier ook kinderen op doorreis verbleven totdat ze een veilig onderkomen konden krijgen?'

Dat wist hij niet. Waarschijnlijk wisten de archeologen het ook niet. Diep vanbinnen voelde Timo zich alsof hij een klein beetje aan het sterven was, net zoals de kinderen die ooit hun toevlucht moesten zoeken in de schuilkelder. Het was een afschuwelijke plek om te verblijven.

'Waarom draagt Rinkelbel een masker?'

'Om haar ware identiteit te verbergen,' antwoordde Andolome op een doordringende en scherpe toon. 'Niemand hoefde te weten wie ze was, vooral met de verwijzingen die ik erbij gecreëerd had. Ik heb het beeld gemaakt toen de Eerste en de Tweede Wereldoorlog nog te gebeuren stonden. En dit hier,' wees Andolome naar de streepjes op de kroon van Rinkelbel. 'Weet je wat ze voorstellen?'

'Dat heeft Alex me verteld. Dat is de beeltenis van de zonnegod Tonatiuh. Alex vroeg zich af waarom de sculptuur zoveel verwijzingen naar de Mayacultuur heeft.'

'We komen uit Cuba, wonderboy. De Mayacultuur is ook onze cultuur. Kijk nog even naar de streepjes op het gezicht van de zonnegod. Doen ze je aan iets denken?'

Eerlijk gezegd wel. Alleen had hij het nog niet durven toe te geven. Het was zo'n vreemde link.

'Aan de metalen plaatjes van de robot die ik ontmoet heb.'

'Dan heb ik het goed afgebeeld,' knikte Andolome. 'Waarom heb ik een verwijzing naar de robots gemaakt, denk je?'

'Om de mensen te waarschuwen voor het onheil dat ze brengen.'

'Dat ze kunnen brengen. Robots kunnen wel een gevaar voor de toekomst betekenen. Laten we naar buiten gaan,' stelde Andolome voor.

Toen ze in de wei stonden, haalde Andolome een grote witte pluim uit zijn broekzak. De pluim had een goudkleurig randje. Timo snikte, want hij snapte heel goed wat dit betekende. Hij had Andolome nog een keer extra mogen zien, maar nu zouden de ontmoetingen ophouden.

'Tot weerziens, wonderboy. Dit keer nemen we echt afscheid.

Zorg goed voor jezelf en voor iedereen die iets voor je betekent.'

Hij zoende Timo op zijn voorhoofd en gaf de pluim. Daarna deed hij enkele passen achteruit en verdween.

Huilend liet Timo zich in het gras neervallen.

'Wat scheelt er, jongen?' vroeg mama toen Timo in de keuken kwam. In de oven stond een kalkoen lekker te braden. Mama roerde in de aardappelpuree met wortels. Er stonden kleine doperwtjes, cranberrysaus en kalkoenvulling klaar.

Tim keek naar de houten vloer en de balken aan de zoldering alsof hij ze voor het eerst zag. Daarna ging hij op de bank bij het raam zitten, die vol kussens in vrolijke kleuren lag. Een ervan pakte hij heel stevig vast.

'Andolome is vertrokken,' snikte hij.

'Is dat zo erg? Hij zal terugkomen.'

'Ja, maar wanneer? Het zal nog heel lang duren.' Timo keek zijn moeder hulpeloos aan en hakkelde nog even door. 'Dat vind ik verschrikkelijk.'

'Je mag niet zo ongeduldig zijn, lieverd.'

'Misschien duurt het nog wel tien jaar.' Het getal wervelde door Timo's hoofd. Tien jaren waren eindeloos.

'Zo'n vaart zal het niet lopen. Wees maar gerust. Hij staat vlugger voor je neus dan je zou denken.'

'Andolome niet. Hij is heel speciaal. Hij is…'

Opeens besefte Timo dat hij het aan zijn moeder ook niet kon uitleggen. Ze zou er ook niets van begrijpen. Mama dacht nu nog altijd dat het om een gewone vriend ging, een mens. Andolome was veel meer dan dat.

'Natuurlijk is hij heel speciaal,' vond mama. 'En dat ben jij ook.'

Met een glimlach op zijn gezicht veegde hij zijn tranen weg. Moeders waren handig. Blijkbaar wisten ze altijd precies wat ze moesten zeggen.

'W aarom vraag je dat?' vroeg Alex toen Timo belde.

'Je denkt dat het kan dat er voorspellingen zitten in de sculptuur in de schuilkelder?' Timo ging op zijn bureaustoel zitten en bestudeerde de pluim met de gouden rand die op zijn schrijftafel lag.

'Het zou kunnen, ja. In de loop van de geschiedenis zijn er verschillende gebeurtenissen via beeldhouwwerken voorspeld geweest. Mocht het om een beeld gaan dat echt uit de Mayacultuur komt, zou ik zeggen dat het bijna zeker zo is. Alleen moet je wel de code kennen om de boodschap te decoderen.'

'Hoe kun je die vinden?' vroeg Timo die wat rechter op zijn stoel ging zitten.

'Dat is niet gemakkelijk.'

'Toch jammer dat die mensen hun voorspellingen niet in gewone schrijftaal of zo nagelaten hebben. Dat zou veel eenvoudiger zijn om te decoderen.' Hij haalde diep adem.

'We gebruiken ook niet altijd schrijftaal. Denk maar aan je mobiel, een gps, een computer met zijn software, maar ook partituren en de vele instrumenten, schilderijen, foto's, architectuur en noem maar op. Het zijn allemaal vormen om informatie door te geven.'

'Het is toch anders bij die sculptuur. Daar merk ik niet meteen dat er een boodschap is. Integendeel, ik moet er bijzonder goed over nadenken om de boodschap te snappen.' Even gingen de hoeken van zijn mond een heel klein beetje naar omhoog.

'De kunstenaar koos er misschien voor om met zijn sculptuur informatie door te geven op een manier die tijd en ruimte zou doorstaan. Net zoals bij de Maya's. Ongetwijfeld moet de ontwerper van de sculptuur superintelligent en heel begaafd geweest zijn. Bedankt voor je telefoontje, Timo. Ik neem later nog wel contact met je op.'

'Ja, ciao.'

Nog iemand die geen tijd meer voor hem had en hem afwimpelde. Met een zucht drukte Timo op het knopje.

Die avond lag Timo roerloos op zijn bed. In zijn handen hield hij de pluim met de gouden rand. In gedachten probeerde hij elke seconde met Andolome opnieuw te beleven. De manier waarop hij gekeken had, bracht hem nu nog altijd in de war. Wat zou hij er veel voor overhebben om hem nog een laatste keer te zien. Een keertje maar. Daarna zou hij het wel aankunnen om tien jaar of nog langer te wachten tot het begin van de volgende zonnecyclus. Dacht hij. Kon hij maar een manier bedenken om Andolome nog eens hierheen te halen. De gedachten van Timo draaiden in cirkels rond. Er was nog iets wat hij Andolome dringend wilde vragen. Daar had hij geen kans voor gehad.

Daarbij kwam nog die excursie naar de grotten van Han. Daar had hij helemaal geen zin in. Die excursie zou hem nog verder van Andolome brengen dan hij zich nu al voelde.

Hij had gelijk gehad, dacht Timo toen hij enkele dagen later samen met zijn klasgroep de wereldberoemde grotten binnenstapte. De eeuwenoude afzettingsgesteenten, de draperieën en hun magische weerspiegelingen konden Timo helemaal niet boeien. Zijn stappen stuiterden als een echo. En opeens spookte er een wild plan door zijn hoofd.

Zonder dat iemand het merkte, vertraagde Timo zijn tempo en zorgde ervoor dat hij achteraan de groep ging wandelen. Terwijl de anderen rond de gids gingen staan om te vernemen waarom een bepaalde zaal de Koepelzaal werd genoemd, sloop Timo een andere gang in. Hij wist dat daar niemand mocht komen. De gids had gezegd dat het er gevaarlijk was. Timo voelde zich een klein beetje schuldig, want hij zocht dat gevaar bewust op. Was het niet zo dat Andolome hem was komen redden iedere keer dat Timo in gevaar was? Een triest glimlachje speelde rond de mond van Timo. Hij baande zich verder een weg in het donker. De grot was vochtig en had een speciale geur.

Timo schudde nee. Er kon niets gebeuren, want Andolome zou voor hem zorgen. Toch waren de scheuren en de uitsteeksels in de muren angstaanjagend in het flauwe schijnsel van het licht van de zwakke lampen die hij her en der ontmoette.

Plots werd de gang breder en lager. Timo bleef stilstaan voor een kloof. Hij voelde het bloed door zijn hoofd razen. Door de duisternis kon hij alleen maar het bovenste deel van de kloof zien. Het donkere gat eronder maakte hem bang. Ooit had hij in een spookverhaal over 'de onderwereld' gelezen. Was dit gat de onderwereld? Een heel enge donkere wereld vol demonen waaruit niemand nog kon ontsnappen? Nee, zo mocht hij niet denken. Waarschijnlijk was het gewoon een ondergronds meertje. Of stroomde de ondergrondse rivier naast hem en was de kloof helemaal niet diep.

Hij stapte op de plank die aan de rotswand was vastgemaakt. Voetje voor voetje schoof hij voorzichtig verder op de plank naast het donkere gat. De rots was koud en vochtig. Een verkeerde beweging en hij zou naar beneden vallen. Zweetdruppels gleden langs zijn rug. Toen schraapte er iets alsof er een klauw over de rotsen kraste. Zijn voet gleed uit. Bijna tegelijk greep zijn hand naar een uitsteeksel in de rotsen en vond hij zijn evenwicht terug. Opgelucht ademde hij diep in. Waar bleef Andolome nou? Waarom duurde het zo lang? Als hij echt om hem gaf, zou hij toch komen om hem te redden?

Zijn neus liep vol. En de rots leek hier wel met lijm inge-smeerd. De plank ook trouwens.

Er kraakte iets onder zijn voeten en de plank brak af van de rotswand . Timo verloor zijn evenwicht. Gillend viel hij in ijskoud water.

Timo stond doodsangsten uit. Hij ging overkop in het keiharde water. Zijn longen stonden op barsten. Hoe hij ook probeerde naar boven te zwemmen, het lukte niet. Zijn rechtervoet zat ergens vast in een stevige greep. Andolome, waarom help je me niet?

Met op elkaar geklemde kaken pakte Timo zijn rechterbeen met zijn twee handen vast en trok. Nog steeds raakte hij niet los. Een vreselijke paniek maakte zich van hem meester. Hij zou verdrinken. Andolome was al weg naar zijn eigen wereld en kon hem sowieso niet uit het water redden. Andolome had nog nooit iemand uit het water gehaald.

Zienderogen namen de krachten van Timo af. Hij had gegokt en verloren. Waarom was hij zo dom en egoïstisch geweest om Andolome nog een keer te willen terugzien? Waarom was hij zo dom geweest om Andolome te dwingen naar hem toe te komen? Waarom wilde hij per se een bewijs zien van het feit dat Andolome echt iets voor hem voelde? Nu was hij hopeloos verloren.

Zijn laatste gedachten waren voor zijn lieve ouders die hij nooit meer zou terugzien. Het was verschrikkelijk dat ze immens veel verdriet zouden hebben als ze zouden horen dat hij verdronken was.

Opeens voelde Timo hoe hij uit het water getrokken werd. Het ging gepaard met een hels lawaai. Vonken knetterden langs zijn oren. Vlammen liepen over het zwarte water. Timo hoestte de longen uit zijn lijf. Na enkele seconden die eeuwen leken te duren lag hij neer op een plek in de openlucht en keek hij in het klets-natte, maar overbekende gezicht van Andolome.

'Domoor, denk je nu echt dat ik niets om je geef? Ben je nu tevreden met het bewijs dat je van me krijgt? Ik heb mijn onster-felijke leven opgeofferd om jou te komen redden. Is dat genoeg bewijs? Geloof je nu dat ik oprechte gevoelens voor je heb? In an-dere omstandigheden zou je mijn geliefde geweest zijn. Ik moet...Dat water... Het is ...me gelukt....Mijn ...krachten ...zijn ...uitgeput.' Zijn stem viel weg. Andolome struikelde en kwam roerloos op de grond terecht.

Timo opende zijn mond om iets te zeggen, maar kreeg daar-voor geen kans.

'Wat was dat allemaal?' riep de gids die de groep van Timo be-geleid had. In zijn kielzog liepen twee mensen van het domein. Een van hen had een verbandkist bij zich. De andere belde de hulpdiensten.

In de ooghoeken van Timo verschenen tranen. Ze biggelden langs zijn gezicht. Heel geroutineerd begonnen de mensen van het domein hartmassage te geven aan Andolome en hem te be-ademen.

'Zijn hart klopt niet en hij kan ook niet ademen,' zei Timo die probeerde om niet luidop te snikken. Toen pas realiseerde hij zich dat de hulpverleners niet konden weten dat Andolome nooit een hartslag had en dat hij nooit moest ademen.

'Het heeft geen zin,' fluisterde hij. Het klonk verkrampt.

'Wat is dat nou?' schreeuwde de man die hartmassage gaf. 'Hij verdwijnt onder mijn handen. Hoe meer ik op zijn borst duw, hoe dunner zijn lichaam wordt.'

'Zijn lichaam slinkt weg,' gilde de andere hulpverlener. 'Dat heb ik nog nooit gezien.'

Het laatste wat Timo zag voordat hij van zijn stokje ging, was een grote zwarte pluim op de plek waar Andolome gelegen had.

Een lichtflits verlichtte de buitenwereld en bijna tegelijkertijd deed een donderklap het huis van Timo schudden. Timo keek strak naar zijn kamerdeur, alsof alle leven uit hem verdwenen was. De hele tijd was hij doodsbang omdat hij wist dat Andolome nu zijn onsterfelijkheid kwijt was. Timo werd heen en weer geslingerd tussen de herinneringen aan leuke momenten met Andolome en diepe schaamte om wat hij had uitgehaald en wat Andolome daardoor had moeten opofferen. Het pijnlijke berouw dat hij voelde, kon het niet meer goedmaken. Even had hij zich afgevraagd of hij niet op zijn panfluit zou gaan spelen, maar ongetwijfeld had dat geen zin. Het zou hem niet dichter bij zijn superheld brengen. Eén ding was zeker: hij zou Andolome ongelooflijk hard missen. Hij zou hem nooit meer terugzien, zelfs niet bij het begin van de volgende zonnecyclus, en dat was zijn eigen schuld. Met die wetenschap zou hij verder moeten leven. Dat was onmenselijk wreed.

Timo kwam overeind, tastte naar een zakdoek in zijn nachtkastje en snoot zijn neus. Met een tweede zakdoek veegde hij zijn brandende ogen droog. Hij zag alles door een waas. En doodop was hij, veel te moe om iets actiefs te gaan doen.

Plotseling gaf zijn mobiel het bekende geluid. Timo leek wat ineen te zakken. Zou hij misschien een ander deuntje kiezen? De melodie met de panfluit bracht zoveel herinneringen met zich mee. Misschien iets met slagwerk? De hele morgen al had hij de indruk dat hij geroffel op een djembe hoorde. Blijkbaar bleven waanvoorstellingen hem parten spelen.

'Met Timo.' Hij moest alle krachten verzamelen om te praten. Het was Alex.

'Kun je naar de schuilkelder komen, Timo? Hier is iets vreemds aan de gang. Ik kan het niet verklaren, maar misschien wil jij het wel zien.'

Timo veegde een pluk haar van zijn voorhoofd weg.

'Ik kom.' Heel even staarde hij naar zijn telefoon nadat hij op het knopje gedrukt had.

Hadden de kleur en de grootte van de pluimen niet altijd iets verteld over hoe Andolome zich voelde? De laatste pluim die Andolome achtergelaten had, was zwart. Zwart omdat hij verdriet had, maar er was hoe dan ook een pluim geweest. Andolome was dus vertrokken zoals Timo het van hem gewoon was. En niet alsof de elektriciteit plots uitgevallen was.

Toen ontplofte een wilde gedachte in het hoofd van Timo en kwam zijn energie terug.

Hoog boven de weide cirkelde een witte duif. Timo bleef er even naar kijken.

'Hoi, Timo, gebruik de ladder,' riep Alex. 'Er is licht genoeg. Hoe vreemd ook, het is helemaal niet donker in de schuilkelder.'

Met snelle bewegingen daalde Timo af. Onderaan de ladder bleef hij verrast staan.

De belletjes van de djembe lichtten op.

'Onverklaarbaar,' vond Alex die Timo gevolgd was. 'We gebruiken niet eens elektriciteit. Het zonlicht kan hier niet naar binnen. En toch worden de belletjes verlicht.'

'Ze zijn niet verlicht. Ze stralen zelf licht uit,' stelde Timo vast. Hij was bijzonder onder de indruk. Vol ontzag ging hij op zijn knieën naast de djembe zitten. Die morgen had hij de djembe wel degelijk gehoord. Het was geen waanvoorstelling geweest.

'Het is een boodschap van Rinkelbel,' riep Timo. 'Andolome is goed aangekomen. Hij leeft! Ik kan het wel uitschreeuwen. Hij leeft! O, wat ben ik blij!'

'Wat zeg je daar allemaal?' vroeg Alex verbaasd.

'Ik denk niet dat je het kunt begrijpen. Licht is een symbool van leven. Ooit probeer ik het uit te leggen.'

'Dat zal nodig zijn, want ik snap er werkelijk niets van. Toch moet er een wetenschappelijke verklaring voor dat licht zijn,' ging hij verder terwijl hij in zijn haren krabde. 'Er is altijd een wetenschappelijke verklaring.'

Timo zweeg. Hij had een brok in zijn keel, maar voelde een

grote kracht vanbinnen. Het was alsof Andolome hem op een of andere manier aanmoedigde om verder te gaan.

Hij draaide zich naar Rinkelbel. Verbaasd merkte hij hoe haar hart ook oplichtte. Ongelovig veegde Timo even in zijn ogen en keek nog eens goed. Het was wel degelijk haar hart.

'Een wetenschappelijke verklaring is er niet, Alex. Liefde kun je niet wetenschappelijk verklaren,' besloot hij.

Toen liep hij naar Rinkelbel en kuste haar op haar voorhoofd.